Della stessa autrice in edizione Garzanti:
*Mamme ribelli per figli coraggiosi*

*GIADA SUNDAS*

# LE MAMME RIBELLI NON HANNO PAURA

Garzanti

Prima edizione: maggio 2017
Quinta ristampa: agosto 2017
Nuova edizione: maggio 2018

*Per essere informato sulle novità del Gruppo editoriale Mauri Spagnol visita:*
www.illibraio.it

ISBN 978-88-11-14935-4



Printed in Italy

www.garzanti.it

# LE MAMME RIBELLI NON HANNO PAURA

*Per tutte quelle volte che,*
*mentre ero al volante,*
*ho sentito il familiare suono*
*dello starnuto moccioso*
*venire da dietro.*

*Questo è per te.*

«Buongiorno a tutte le telespettatrici e a tutti i telespettatroci.»

Luca Giurato

«Volete vedere il mio attrezzo?
Non per vantarmi ma, sì, ci so proprio fare.»

Papà Pig

«Dice: e se per caso ti perdi? Chieti.»

Matteo Bussola

«Mamma ma quanto mangi?»

Mia figlia

# CHI SIETE? COSA PORTATE? SÌ, MA QUANTI SIETE? UN FIORINO.

Due anni.

Precisamente settecentonovantuno giorni, quattordici ore e ventotto minuti, matrioskalmente parlando. È il tempo trascorso dal giorno in cui improvvisamente al mondo sono stati sottratti tre chili e trenta grammi di spazio, sostituiti dalla tua infinitesimale presenza. Be', in realtà io mentre ti aspettavo gliene ho sottratti altri ventisei, ma non è stata tutta colpa tua, la focaccia con le cipolle ha giocato un ruolo fondamentale in questo processo.

La scienza sostiene che nei primi due anni di vita il cervello di un bambino non registri nessun ricordo. Sai quelle ricerche lì che fa la gente coi calcolatori e gli evidenziatori e che alimentano il progresso... Comunque, c'è questo studio dell'università di Palo Alto, o dei Massaciùssi, non ricordo, che spiega come i processi cerebrali dei neonati non imprimano nella memoria gli episodi della prima infanzia. Quando nasce un bambino, nel pacchetto base di software preinstallati, c'è questo CCleaner dei ricordi che li appallottola e li sbatte nel putagè che alimenta l'autonomia di veglia.

Credo, in realtà, che la questione sia molto più complessa di così. Probabilmente la capacità di stoccaggio dei ricordi è molto limitata, quindi il cervello deve fare una certosina selezione per scegliere cosa tenere e cosa buttare. Io ho vissuto ventitré anni e nel mio archivio non sono presenti ventitré anni di ricordi, bensì scaglie di vita collezionate lungo il cammino che spaziano da alcuni episodi d'infanzia al codice PIN del mio bancomat. Tutto quello che il mio cervello ha ritenuto non fosse rilevante credo sia stato zippato, depositato in una remota sezione e archiviato per sempre. La stessa sezione che conserva quei ricordi volatili che esistono ma non vengono consultati, come la consapevolezza che la lampadina della stanza in cui stai per entrare è fulminata, il "devo ricordarmi quando mi alzo che qui c'è uno spigolo" che dici tra te e te mentre ti chini a raccogliere qualcosa, quella stessa sezione che ti fa cercare il cellulare da tutte le parti proprio mentre stai facendo una telefonata. Insomma, questi ricordi non si dissolvono ma continuano a esistere in uno scompartimento remoto del nostro cervello, soltanto che finiamo comunque per premere l'interruttore prima di entrare in quella stanza, sbattiamo comunque la testa contro quello spigolo e ci rendiamo conto solo dopo un po' che il telefono che stiamo cercando ce l'abbiamo all'orecchio.

Io non ho studiato all'università di Palo in Frasca, neanche in quella del Missipippi e men che meno in quella di Busto Arsizio, però sono sicura che i tuoi ricordi esistano in qualche anfratto della tua testa, solo che sono stati piegati come origami e conservati per sempre, cementati in un grosso caveau inaccessibile, perché tutto quello che succede nei primi due anni di vita di un bambino non è indispensabile per il bambino stesso, ma per la sua mamma e il suo papà.

La vita ha tracciato i margini di questo processo in modo assurdamente meticoloso, non trovi? Ci concede due anni di tempo per confrontarci con una nuova dimensione e commettere tutti gli errori che vogliamo, senza che voi possiate ricordarlo. Due anni sono un tempo godzillamente grande per vivere senza memorie, ma anche un tempo troppo esiguo per imparare a crescersi per crescervi.

Tutto quello che tu hai cancellato, io l'ho scritto qui, per darti la possibilità di conoscere la donna che sono stata e che tu mi hai fatto diventare.

Questo libro parla di noi.

Parla di te, di papà ma soprattutto di me.

Parla degli errori che ho commesso nel mio tempo di prova.

Parla del nostro incontro, parla della mia crescita, parla del giorno in cui sono diventata grande.

Parla del diciassette agosto duemilaquattordici mentre, distesa su un lettino della sala parto, recitavo a memoria i nomi dei sette re di Roma.

Questo libro è il cassetto che ho costruito per conservare i tuoi origami.

Questo libro è un Post-it giallo appiccicato su un angolino che dice: attenzione allo spigolo, sbatteteci ancora.

Chissà come sei adesso.

Chissà come sei adesso, mentre leggi questo libro per la prima volta, o per la terza, o per la centesima.

Non so come comunicare con te. Sei adolescente? Sei adulta? Sei madre? Ti piacciono ancora le olive taggiasche?

Probabilmente leggerai questo libro in diverse fasi della tua vita e ogni volta ne coglierai qualcosa di nuovo, qualcosa che capirai solo con il tempo, qualcosa che ti arriverà fino all'ultimo giorno della tua esistenza.

Chissà come siamo adesso, io e te.

Chissà se oggi, proprio adesso mentre stai scorrendo queste parole, io sono ancora in vita, se il nostro rapporto si è interrotto, o se la domenica a pranzo vieni a casa a mangiare le farfalle con il pesto. Per me sei una sconosciuta, conosco la bambina che sei, ma non la donna che sarai, per questo oggi mi rivolgo a te come se fossi una donna qualsiasi seduta accanto a me su una panchina ad aspettare l'autobus.

Mi chiamo Giada, Giada Sundas, vuoi un cioccolatino?

Vorrei raccontarti la nostra storia, dal momento stesso in cui ti sei acquattata nelle mie membra, perché il giorno in cui ti sarai persa potrai ricercarti qui, tra queste pagine; perché il giorno in cui la tettonica del destino ti avrà staccata da me potrò venire a cercarti qui, tra queste pagine.

Non ti ho sempre amata, sai? Anzi, a volte ti ho odiata, altre ho pensato che avrei fatto meglio a chiudermi le tube con le fascette da elettricista, altre ancora ho lasciato scorrere il tempo guardandoti dormire. La mia esperienza di madre si è scandita in centinaia di fasi contrastanti e totalmente incoerenti tra di loro, mi permetto di coniare il termine «bipolarismo materno» per descrivere in parole povere l'andamento della curva umorale delineata da picchi di «amore di mamma, è controproducente continuare su questa linea di reticenza, ti prego, siediti qui ed esponimi le motivazioni del tuo comportamento» e altri di «vieni qui, piccola discendente di Satana, se non la smetti subito ti faccio internare in un collegio salesiano in Bosnia».

Ero una persona normale, prima. Papà no, lui non lo è mai stato.

Chissà come siamo adesso, io e papà.

Chissà se ci amiamo ancora, se ci nutriamo ancora della reciproca felicità, se ci facciamo ancora la colonscopia con le chiavi del garage ogni volta che saliamo le scale uno dietro l'altro.

Sei nata da un grande amore, Mya, così grande da sentirlo scricchiolare sotto le scarpe a ogni passo, così grande da sottrarci un pezzo di anima a ogni respiro, così grande da farci decidere di scindere le nostre parti migliori e regalare alla terra un nuovo pezzo di noi, te.

Era il quindici dicembre duemilatredici, la notte tra sabato e domenica, quando mi svegliai improvvisamente senza un motivo. Avevamo una vecchia radiosveglia che proiettava l'ora sul soffitto, uno di quei contenitori di incubi che per svegliarti martellano insoffribili rintocchi monofonici a velocità crescente, che in quel momento segnava le tre circa.

Trascorsi una lunga ora a guardare scorrere quei numeri rossi appoggiati sul soffitto bianco della camera da letto girandomi e rigirandomi nel letto come un kebab, fino a restare intrappolata in un vortice di pigiama e lenzuola a forma di fusillo.

Nelle mie viscere si estendeva una strana sensazione, un senso di smarrimento simile a quello che si prova quando vai in macchina con la nonna. Avevo caldo nella parte inferiore del corpo, freddo in quella superiore e la parte centrale si godeva una piacevole temperatura ambiente. Praticamente l'applicazione pratica dei gironi della *Divina Commedia.*

Una volta appurato che non avrei ripreso sonno, decisi di alzarmi e affrontare la questione con l'unico metodo risolutivo scientificamente provato: mangiare.

Sostituii la mia presenza tra le braccia del tuo papà con un cuscino e strisciai silenziosamente in cucina senza accendere le luci, lasciandomi alle spalle un cimitero di mignolini tumefatti e imprecazioni sibilate tra i denti.

Il frigo quella sera fu molto crudele con me, dapprima brutalizzandomi le cornee con tutta la violenza dei suoi dieci watt, poi vomitandomi addosso tutte le mancanze che avevo avuto nei suoi confronti negli ultimi tempi: dentro c'erano due limoni siciliani che, a giudicare dallo stato di decadimento, saranno stati colti da Mazzarò in persona, un vasetto di melanzane sott'olio (o sotto trielina, esistono diverse scuole di pensiero al riguardo) e un pezzo di Bel Paese risalente a quando la Cecoslovacchia era ancora un unico stato.

«Non c'è mai niente qua dentro», dissi con disprezzo misto a rassegnazione, e in quel momento il motore del frigo partì sfrizionando come un pensionato con la 127.

Chiusi lo sportello e mi sedetti al tavolo in preda a questa assurda sensazione: la pelle frizzava, le viscere strisciavano come larve, il cervello bussava sugli occhi per uscire fuori.

Non passò molto prima che mi alzassi per ricontrollare il contenuto del frigo, un po' con l'idea che mi fosse sfuggito qualcosa, un po' perché nel frattempo le mie aspettative si erano abbassate.

Dopo un lungo travaglio gastrico, decisi di affrontare la faccenda come si fa in Inghilterra: acqua bollita ed Earl Grey, sentendomi anche un po' anarchica perché in anticipo di dodici ore sulla bollitura nazionale inglese.

Prelevai una tazza dalla sezione tazzame e miscellanee della cucina, la riempii d'acqua fino all'orlo e la buttai nel microonde. L'improvviso urlo del fornetto prese alla sprovvista il silenzio, che si aprì in due lasciando che la stanza si affollasse del suo ambizioso boato. Io restai lì, immobile, con gli occhi fissi su quella tazza con una faccia gaia disegnata su un lato, a osservarla danzare in cerchio come l'unica puleggia del mio cervello che in quel momento stava ancora funzionando.

Quei due minuti furono sufficienti per permettere a una colonia di pensieri di spintonarsi nella mia testa: pensai a Cesarina, la donna che abitava nella casa accanto a quella della mia infanzia, pensai alla scopa di saggina, che non si meritava un nome tanto ridicolo, pensai alla tazza gialla con la faccia gaia dentro al microonde, così vecchia che sicuramente non si sarebbe mai aspettata di trovarsi invischiata in un pogo di particelle dentro una trappola metallica. Sembrava visibilmente scossa dagli eventi, nonostante continuasse a mantenere con orgoglio quel suo sorriso sghembo, ed ebbi l'impressione che a ogni giro cercasse di comunicarmi qualcosa.

"Aiu..." e girava,

"Tirami fuo..." e girava,

"Brutta stro..." *Tin.*

Trascorsi un tempo indefinito seduta a quel tavolo con il mio tè matcha, o bancha, o hojicha, in realtà una schifezcha alle more e mirtilli dal retrosapore di unghie di piedi, sfogliando l'ultimo catalogo di Mondo Convenienza. In ogni pagina, tra le cucine, i divani, i letti contenitori, c'era sempre una ragazza in vestaglia immortalata mentre accarezzava i pensili o i comodini come se fossero dei teneri amanti. Fino a quel momento avevo creduto che gli sguardi che il tuo papà mi rivolgeva fossero la più grande manifestazione d'amore mai vista sulla terra, ma questa convinzione vacillò non appena colsi il trasporto con il quale la coccolatrice di truciolati elargiva effusioni a suppellettili d'infimo ordine.

La consapevolezza mi travolse con la stessa violenza dell'onda d'urto di un forno ventilato aperto davanti alla faccia: anche i mobili hanno bisogno di coccole e quella era una arredamescort.

La chiamavano bocca di doghe metteva i tasselli metteva i tasselli...

Il motore del frigo partì di nuovo.

«Stai cercando di dirmi qualcosa?»

*Gneeee.*

«Sei arrabbiato con me?»

*Vuuuaaaa.*

«Perdonami, domani butto le melanzane e ti passo lo scovolino nel buco di scarico.»

«Cosa ci fai qui a quest'ora?» disse papà entrando all'improvviso e facendomi dubitare per un attimo della perfetta funzionalità di contenimento dei miei sfinteri. «Perché non sei a letto?»

«Sto studiando un piano di risoluzione radicale per la crisi in Medio Oriente.»

«E a che punto siamo?»

«In base ai risultati ottenuti dai miei minuziosi studi sulle strategie di marketing, ho appurato che se i pescatori, invece di installarsi dietro a un bancone a sbraitare PESCE, PESCE FRESCO, VENGHINO SIGNORI, si mettessero in vestaglia ad accarezzare i branzini, aumenterebbero notevolmente le loro entrate e il PIL pro capite ne trarrebbe giovamento.»

«Sono le cinque del mattino, perché non sei a letto?»

«In questa stanza qualcuno aspetta un bambino.»

«Chi?»

«Facciamo l'appello e andiamo per esclusione?»

«Ma come fai a dirlo, Giada?»

«Lo so e basta.»

«Dai, domani compriamo un test di gravidanza, ora torniamo a letto.»

Quello fu un momento davvero bello della mia vita, fu il

momento in cui capii che papà era un Uomo, fu il momento in cui capii che questa volta avevo fatto centro, ero al sicuro.

Abbandonai il catalogo di accarezzatrici e il tè ai Fonzies sul tavolo e lo seguii in camera da letto, mi accucciai sotto uno scudo di lenzuola e piume d'oca mentre il cuore di papà eseguiva la sua ninnananna dritta nel mio orecchio. Caddi in un sonno profondo e felice, un sonno limpido e senza paure, un sonno noncurante e spavaldo nei confronti del futuro, incastonata tre le braccia di papà che mi accarezzava come fossi un box doccia.

Tornammo alla realtà immersi in una domenica mattina soleggiata e premurosa, senza troppe pretese e condita di sorrisi incomprensibili. Ci alzammo tardi e iniziammo la giornata come fosse una domenica qualunque, chiacchierando di banalità e distogliendo velocemente lo sguardo quando i nostri occhi si agganciavano per troppo tempo. Tra di noi si era accucciato uno strano senso di imbarazzo, lo stesso imbarazzo che si condensa e fluttua attorno a due giovani innamorati desiderosi di scambiarsi il primo bacio ma insicuri e timorosi di non essere in linea con i giusti tempi, i giusti attimi, le giuste vite.

Fu una di quelle giornate che si trascinano mollemente nel tempo senza meta e senza scopo, trascorse inflanellati e defonsecati tra i Cheerios e le penne al pesto di licheni preso al banco frigo. Restammo a galleggiare in questa domenica ordinaria, sbandierandoci in faccia reciproca disinvoltura, fino al primo pomeriggio, quando papà mi chiese in modo piuttosto fintotontante: «Che vuoi fare oggi?».

«Tu che vuoi fare oggi?» dissi io stando al mio ruolo del copione sulla prassi coniugale delle organizzazioni mondane.

«Non lo so, tu che vuoi fare?» disse lui, sempre più cliché.

«Vuoi uscire?»

«Non so, dimmi tu, vuoi uscire?»

«Per me è uguale, decidi tu.»

«Questo discorso lo facciamo uguale tutte le domeniche.»
«Se ti consola, lo staranno facendo uguale tutte le coppie a est del meridiano di Greenwich.»
«Ci guardiamo daccapo *Prison Break*?»
«Ma cheppalle, al massimo guardiamoci *Scrubs.*»
«Dai, vestiamoci e usciamo.»
«Dove andiamo?»
«A ovest del meridiano di Greenwich.»
E invece andammo al Carrefour di Vercelli.

Camminare in un centro commerciale a dicembre è un po' come affrontare un Takeshi's Castle di San Nicolao. La galleria si trasforma in un'autopista di carrelli ricolmi di ciocciobellerie, Sapientini e scatole di trappoline plantari anche dette Lego, gli altoparlanti strillano singoli da camino di Bublè interrompendosi di tanto in tanto per lanciare un annuncio di ritrovamento dal reparto orfani, le nonne smanacciano cotechini e inveiscono contro gli addetti alla salumeria che affettano il San Daniele due micron più spesso, i neonati rodano i polmoni, qualcuno accende un falò segnaletico nella pineta acrilica, un'addetta di Sky con un cappellino da Memole cerca di convincerti ad aggiungere Porchetta Channel al tuo abbonamento e tu, che volevi solo passeggiare al caldo, ti penti di non essere rimasto a casa a guardare una replica di *Tremors.*
Camminammo flemmatici nella galleria del centro commerciale racchiusi nei nostri scrigni invernali di poliestere, guardando a lungo vetrine di negozi di cui non ci importava nulla e collezionando talmente tanti sbuffi di disappunto da gonfiarci un treno di Bridgestone.
Avevamo entrambi deciso di procrastinare senza esserceló comunicato apertamente, stavamo inscenando una versione codarda di «lontano dagli occhi lontano dal cuore».
Entrammo nel supermercato dopo un'ora e girammo disinvolti tra gli scaffali fingendo di non stare cercando nien-

te, fermandoci di tanto in tanto a esaminare cose per cui non avevamo mai avuto così tanto interesse.

«Oh, guarda, hanno cambiato la confezione dei Babybel.»

«Molto carini questi assorbenti al fiore di loto.»

«Accidenti, adesso il bastone telescopico dello Swiffer è ancora più lungo!»

«Ma dai? È già ora dei pomeli?»

Dopo un'eterna perlustrazione degna del migliore ispettore dell'ASL, arrivammo, un po' perché trascinati dal flusso di gente e un po' perché non c'erano più scuse per evitarlo, allo scaffale degli articoli farmaceutici. Lì, contornata da flûte per le urine e Pedorex per calli, si estendeva una schiera rosa di test di gravidanza.

Questi, solitamente, sono prossimi alle confezioni di preservativi, volutamente posizionati in modo che finiscano entrambi all'interno dello stesso campo visivo.

Immaginai una troupe di esperti marketing ingiaccacravattati seduti attorno a un tavolo ovale posto in una grande stanza con una parete interamente di vetro, a disquisire sulla corretta posizione degli articoli dei supermercati per innescare le giuste sensazioni nel consumatore e invogliarlo a comprare. Durante questa riunione, un certo John dev'essersi alzato in piedi dicendo: «Ideona, mettiamo i preservativi vicino ai test di gravidanza, così chi vorrebbe comprare anticoncezionali ma dopo averne visto il prezzo è tentato di desistere e affidarsi alla tecnica dello stappabottiglie, vede i test, ci ripensa, e ne compra due confezioni, e invece chi è venuto per comprare un test vede i preservativi e si sente un coglione, dunque alla fine compra anche i preservativi nel caso il risultato fosse negativo». Spero l'abbiano fatto impiegato del mese.

«Ne compriamo uno?» disse papà distogliendomi da John.

«Sì, ma quale? Ce ne sono quaranta.»

«Guarda questo che ti dice se sei incinta, da quanto, chi è

il padre e l'andamento della borsa di Pechino il giorno del concepimento.»

«Certo bellissimo, ma tocca prenderlo in leasing.»

«Allora prendiamo questo da poveri che ti dice se sei incinta ma solo se glielo chiedi con gentilezza.»

Restammo un'infinità di tempo lì davanti a scegliere il giusto bastoncino su cui pisciare. C'erano il Confidelle, il Predictor, il Predictor Plus, il Clear Sign, il Clear Blue, il Clear Blu Digital, il Clear Blue Plus, il Clear Crispy McBacon...

«Senti», dissi, «prendiamone uno qualsiasi e andiamo, tanto il risultato sarà lo stesso.»

«Prendiamo questo con il bimbo disegnato sopra!»

«Prendi quello che ti pare e andiamocene.»

Uscimmo dal supermercato con un test di gravidanza e una confezione di patatine novelle arrostite, che le avevo viste passando e mi era venuta voglia.

Improvvisamente la galleria mi sembrò gremita di carrozzine, donne pregne e papà con neonati in braccio. Per un attimo pensai che qualcuno avesse allestito una sala parto di fortuna dentro a Game Stop, invece il mio tornio cerebrale stava già lavorando con ampie strategie di gravidarketing.

«Facciamolo adesso», dissi a papà fermandomi improvvisamente in mezzo alla galleria.

«...»

«Il test di gravidanza, dico.»

«Aaah! Ma adesso adesso?»

«Sì, ora, andiamo in bagno.»

Lo trascinai come un aratro fino ai servizi, tirai fuori il test e iniziai a leggere le istruzioni ad alta voce: «Allooora, per effettuare il test, aprire la confezione e prelevare lo stick – e qui un graziealcazzo non me lo toglie nessuno – poi, rimuovere il cappuccio e blablabla, tenere il tampone per almeno sei secondi sotto il flusso di urina e richiudere con il cappuccio. Attendere tre minuti il risultato del test. Ah, tipo i Saikebon».

Lasciai papà lì fuori ad aspettare ed entrai nel bagno delle donne. Dentro, i bagni erano tutti occupati, così mi appoggiai a una parete aspettando che se ne liberasse uno. Alla mia destra, una donna aveva apparecchiato il fasciatoio con uno stuolo di salviettine, pannolini, borotalchini, pasteperculini e si stava preparando al tagliando di routine della sua bambina. Era un po' impacciata e sembrava stesse girando una luganega nel lardo di colonnata; nel mentre intonava un *Tu scendi dalle stelle* a bocca chiusa. La bambina piangeva. Forte.

Mi avvicinai un pochino per vederla in volto e rimasi sorpresa di vedere un minuscolo primate antropomorfo con la faccia accartocciata e le gengive lisce. Era bruttissima e bellissima.

«Quanto ha?» chiesi alla mamma.

«Sei giorni», mi rispose con un sorriso tenero.

La bambina smise di piangere ed ebbi l'impressione che mi stesse attraversando con lo sguardo.

«E come si chiama?»

«Si chiama Giada.»

«Giada?»

«Sì, Giada.»

«È un bellissimo nome, Giada.»

«Trovi? Ho scelto questo nome quando avevo dodici anni. Avevo già deciso che avrei avuto una bambina», disse finendo di riordinare il ripiano e prendendola in braccio.

«Be', allora buona vita con la piccola Giada.»

«Grazie mille, buona giornata.»

Rimasi impalata lì qualche secondo, gli occhi morti e i pensieri lemme lemme. Io non avevo mai pensato al possibile nome di mio figlio, io non avevo mai cullato l'idea di essere madre, io a dodici anni cantavo ancora sardina-ina-ina cuccudrillullà...

Quando ritornai alla realtà, tutti i bagni erano vuoti. Entrai nel primo e cercai con più precisione possibile di centrare con il bastoncino il flusso di pipì. Mi pisciai sulle mani e feci delle simboliche scuse mentali alla popolazione maschile per aver sbeffeggiato le sue capacità direzionali.

Sciacquai velocemente il test e lo nascosi in tasca senza guardarlo per paura di spoilerarmi il risultato.

Raggiunsi papà fuori dal bagno e continuammo a camminare per il centro commerciale, di nuovo senza meta e senza motivo.

«Allora?» chiese impaziente.

«Lo sapremo fra tre minuti.»

Guardò l'ora sul cellulare e poi lo rifece ogni dodici secondi, neanche stesse aspettando l'okay per far detonare un ordigno.

«Sono passati tre minuti», disse fermandosi in un corridoio semideserto.

«Va bene, guardalo tu», risposi tirando fuori il test dalla tasca e porgendoglielo alla cieca.

Lo guardò immobile per quattro ore, quattro ore camuffate da quattro secondi, poi alzò la testa e mi sorrise debolmente.

«È positivo», disse mostrandomelo.

Positivo.

Ci guardammo a lungo, poi ci abbracciammo. Ci abbracciammo in un centro commerciale gremito con le lucine sui soffitti e le lucine negli occhi.

Eravamo davvero felici, papà soprattutto, ci sembrava di aver premuto il grilletto dello starter alla linea di partenza di una nuova vita, qualcosa di grande che avrebbe fatto di noi delle persone nuove, una coppia nuova, finalmente completa.

Ma ci misi poco a realizzare quello che stava succedendo: la mattina dopo mi svegliai, la felicità ridotta a mucchio di cenere da un magma di incertezze e la realtà indefinita vista dagli occhi astigmatici della paura.

“Ma che cosa ho fatto? Cosa ho combinato?”

Non riuscivo davvero a mettere a fuoco la situazione. Era successo davvero? Ero davvero incinta? A ventun anni?

Fluttuai per giorni in uno strano limbo dell’incredulità, a tratti felice, a tratti affogando in un pantano di ansie.

Nei giorni successivi parlammo a lungo dei nostri progetti: da tempo eravamo d’accordo di andare a vivere insieme, ma non avevamo ancora iniziato a guardare concretamente degli alloggi.

Feci l’esame delle urine in laboratorio per avere la certezza della gravidanza prima di annunciarla alla famiglia, e la cosa mi metteva non poca ansia. Io sono figlia di quella che si definisce una ragazza madre, cresciuta senza un papà presente, palleggiando tra nonne, zie e tate mentre mia mamma lavorava tra secchi e stracci la mattina e servendo cocktail e birre la sera.

Sapevo che la tua nonna aveva ben altri progetti per me, che desiderava vedermi studiare a lungo, trovare un buon lavoro ed essere una donna indipendente economicamente e sentimentalmente. La nonna aveva paura che io facessi la sua stessa fine.

Mi diceva sempre: «Studia e diventa chirurgo plastico, così poi mi rifai le tette gratis».

Io e la nonna Francesca abbiamo sempre avuto un rapporto di amore-odio, nel senso che lei mi amava e io la odiavo, o in realtà credevo di odiarla, ma solo per il modo in cui masticava la gomma. Per dirti il tipo, un giorno mentre ero distratta prese il mio cellulare e si mandò da sola un messaggio che diceva «ti voglio bene mamma», poi, compiaciuta, prese il suo e si rispose «grazie tesoro, anch’io»; un altro giorno, invece, mi trovò sdraiata sul divano con un pacco di carta igienica come cuscino ed esordì con: «L’ho sempre detto io che sei una testa di culo».

Decidemmo quindi di comunicare la notizia prima ai genitori di papà, e lo facemmo in un modo un po’ particolare:

comprai un ciuccio azzurro, perché desideravo tanto un maschietto, e lo misi in una scatolina. Lì per lì sembrava un'idea geniale e originale, dopo mi resi conto che il tutto risultava un po' mafia cinese che fa recapitare un orecchio amputato con FedEx.

Quella sera andammo a cena dai genitori di papà. Arrivammo verso le sette, fuori era già buio e pioveva, papà era teso e rigido come un pangasio Bofrost.

La nonna era in cucina che preparava la cena, il nonno era seduto sul divano intento ad arricchire il suo bagaglio culturale guardando *Il banco dei pugni* e zio Manuel era acquattato accanto alla stufa, seduto sullo sgabellino di vimini con il portatile sulle gambe.

Papà, senza neanche togliersi la giacca, entrò e, con la voce tremante, chiese a tutti di avvicinarsi, che aveva un annuncio importante da fare. Le intenzioni erano buone, ma l'effetto suggeriva i prodromi di una disgrazia, infatti la nonna si girò di scatto con quella faccia preoccupata che fa quando il nonno dice che ci ha pensato lui a travasare i pomodori.

«Chéssuccesso??» disse passando da un mezzo soprano sul «che» a un basso tuba sul «successo».

Nonno aveva solo sollevato la testa dallo schienale e ci stava guardando con l'espressione di Peach quando Browser fa cadere Mario nella lava.

Papà muto. Bocca scardinata e parole coinvolte in un tamponamento a catena sull'ugola.

«Dobbiamo dirvi una cosa», intervenni io in suo aiuto. Nel frattempo si erano avvicinati anche il nonno e lo zio che continuava a dire: «Cosa? Che succede? Eh? Non ho capito. Cos'è successo? Eh? Cosa?».

Tirai fuori la scatolina blu e la porsi alla nonna, che guardò papà con un sorrisino confuso.

Papà, muto.

«Cos'è, uno scherzo?» disse ridendo la nonna. «Dali, aprilo tu che da qui salta fuori qualcosa!» e lo porse al nonno che aveva iniziato a ridere a sua volta.

«No, no! Aprilo tu, l'ha dato a te!» le rispose spingendo via la mano.

«Cosa? Che succede? Eh? Non ho capito. Cos'è successo? Cosa? Eh? Mi spiegate?» continuava lo zio.

Papà muto.

«No, io non lo apro, ho paura!» continuò lei, «aprilo tu, Manuel!»

«Non è uno scherzo, è un regalo di Natale anticipato. Aprilo tu», insistetti io.

Lei guardò dubbiosa la scatolina, poi la girò verso l'esterno, distese le braccia per allontanarla il più possibile da sé e l'aprì cauta con gli occhi a fessura e la testa un po' all'indietro, come si fa quando si sta per far scoppiare un palloncino. Sembrava fosse certa che ne sarebbe venuto fuori uno stormo di uccelli neri com'esuli pensieri. Restò stranita e un po' sorpresa quando non ne uscì niente.

La girò verso di sé, guardò all'interno e restò ferma qualche secondo con un sopracciglio abbassato e uno alzato, sembrava non capire.

Silenzio. Fiati in stand-by. "Mio figlio poteva morire" in sottofondo.

«Cos'è?» disse.

Eh, uno scettro lunare.

«È un ciuccio», risposi conservando il sarcasmo per momenti più appropriati.

«E di chi è 'sto ciuccio?»

«È nostro, cioè, sarà nostro, del nostro bambino.»

Papà muto. Il Ringo Starr con l'ombrello di noialtri.

«Sei incinta?» mi chiese il nonno.

«Sì.»

«Mavvaaaaaaa!» intervenne la nonna, «non ci credo manco un po'.»

«Davvero», dissi, «sono incinta.»

«Ma non mi prendere in giro!»

«Te lo giuro, diglielo tu Moreno.»

«Mh-mh.»

«Va be', aspettate qua», dissi mentre mi allontanavo. Pescai il foglio con le analisi dalla borsa e lo porsi alla nonna, lei lo aprì e lo fissò a lungo.

«Non ci credo», disse poi alzando lo sguardo, «non sono tue.»

«C'è il mio nome sopra.»

Girò il foglio e trovò il mio nome, poi guardò suo marito con un largo sorriso e gli occhi lucidi. «Diventiamo nonni!» disse tirando su con il naso e rimettendosi a cucinare.

Papà mollò il respiro e si sgonfiò come un soufflé, poi ci guardammo felici. L'aria nella stanza si alleggerì in un istante.

«Cosa? Che succede? Eh? Non ho capito. Cos'è successo? Cosa? Eh? Mi spiegate?» continuava lo zio.

Il giorno seguente lo dissi alla nonna Francesca. Avevo pensato a lungo a come comunicarglielo, mi arrovellai per giorni sulla giusta modalità di esposizione, ma alla fine scelsi la più facile: entrai in casa, mi sedetti accanto a lei e dissi: «Sono incinta».

In quel momento era seduta a tavola e stava mangiando i bastoncini di pesce dell'Eurospin e l'insalata con rucola e pomodorini direttamente dalla confezione. Girò la testa di scatto, bloccò la mano con una badilata di insalata a mezz'aria, smise di masticare e sgranò un po' gli occhi.

«E come hai fatto?» disse.

Le prime settimane di gravidanza sono l'applicazione pratica della punizione divina sul genere uteroide. Lo stomaco si sgancia dalla sua tensostruttura e inizia ad andarsene in giro per il corpo eseguendo numeri degni della migliore esibizione di Jury Chechi, assumi un colorito alla pistacchio di Bronte e trascorri più tempo in orizzontale che in verticale, tanto che sulle lenzuola rimane impressa indelebilmente la tua sindone. Io sperimentai tutti questi magnifici sintomi.

Papà si trasformò in Ansiaman, uno speciale supereroe che travolge la pace con slavine di ansia e semina angoscia ovunque si insinui.

«Ma guidare puoi?»

«Oddio, non sollevare quella padella!»

«Il tonno ha un'alta esposizione al mercurio, non lo guardare.»

«Attenta lì.»

«Sicura che i fusilli non vadano lavati con il bicarbonato?»

«Ti ho sentito starnutire, andiamo al pronto soccorso?»

Una mattina mi svegliai e andai in bagno, una volta seduta sul water mi accorsi di essere sporca di sangue. Chiamai il tuo papà e gli dissi che avevo delle perdite, lui si vestì alla velocità della luce e mi trascinò all'ospedale correndo talmente tanto che se avessimo avuto un flusso canalizzatore ci saremmo ritrovati nel futuro. Ci rimandarono a casa con una diagnosi di «tutto occhei» ma senza l'almanacco sportivo con i risultati dei futuri cinquant'anni.

All'inizio della gravidanza succede questa cosa incomprensibile detta bicameralismo corporeo discordante. Praticamente il corpo si divide in due fazioni e metà di te è consapevole di essere incinta mentre l'altra metà lo nega spudoratamente. Succede perché le prime settimane il bambino non si palesa in modo evidente, ma facendoti recapitare sintomi improbabili per ricordati che non sei sola. Ad esempio, ero appoggiata sul divano nella posizione dell'ombrello aperto, leggevo un libro racchiusa in una idilliaca foschia di pace, quando mi passò vicino papà che si era appena potato la selva di barba trimestrale. Un cumulonembo di Axe Africa mi travolse e violentò le mie narici senza pietà, cosa che mi avrebbe fatto anche piacere fino a poche settimane prima, in quanto il profumo di quel dopobarba ha accompagnato felici episodi della nostra storia, compreso il nostro primo appuntamento, e a ogni suo leggero sentore mi si risvegliano meravigliose memorie. Quel giorno, fu piacevole come i bidoni dell'umido in un giovedì d'agosto.

«Moreno, mannaggiattè, che puzza.»

«No, bella, non fare la furba, non sono stato io stavolta.»

«Non è il culo il problema, è la faccia! Vai a lavarti prima che vomito.»

«Ma se mi sono appena messo il dopoba...»

«VAI A TOGLIERTELO!»

«Ma perché?»

«Perché mi fa venire il vomito.»

«E che mi metto? Il Prep?»

«Eh sì e poi? Qualcosa di più forte non ce l'abbiamo? Datti anche una mano di Vicks a 'sto punto.»

«Allora mi metto la Fissan che non fa odore.»

«No, ma sei pazzo? È piena di paraffina.»

«Eh ma quante storie! Vado a mettermi la pasta d'acciughe.»

«Ecco, adesso ho fame.»

«Sì va be', Giada, ma tu non sei incinta, sei rompicoglioni.»

«Grazie eh. Sii carino con me, sto incubando.»
«Qui l'unico che c'è rimasto incubato sono io.»
«Cosa?»
«Niente, vado a lavarmi la faccia e ti faccio un toast», disse chinandosi per darmi un bacio.
«Dio mio vattene! Senti che puzza 'sto Axe Congo...» dissi io coprendomi il naso, «...e poi non voglio il toast, voglio la bagna cauda.»
«La bagna cauda alle due del pomeriggio, Giada? E a cena roastbeef di uranio impoverito?»
«Allora i Cheerios.»
«Ma cosa c'hai? Le papille bipolari?»
«EHI, DOVE STAI ANDANDO?»
«Dove vuoi che vada, a cercare su Trivago un all inclusive per il Messico.»

Nei giorni seguenti mi colpì un'inamovibile voglia di torta e, siccome la pappagorgia alla Massari già mi era venuta, decisi di farne una da sola. Come sai io cucino malissimo, sono proprio l'indiscussa imperatrice del cucinaremale; ciò non toglie che la fame move il sol e l'altre stelle.

Google però insegna che tutto si può fare con un buon tutorial, anche imparare ad asportarsi la cistifellea da soli con una buona dose di Oki e un Miracle Blade da sfilettatura, quindi mi affidai al web con cieca fiducia:

"Trota al cioccolato"

"Forse cercavi torta?"

"Gne gne gne. No, voglio proprio le linguine allo scoglio e Lindor, che mi dici adesso?"

"Zero risultati per trota al cioccolato."

"Ma perché non capite niente di cucina gurmé voialtri. Dai, cercami torta allora, che tanto fai sempre come ti pare."

"Circa 693.000 risultati in zerovirgolacinquantatré secondi per torta al cioccolato."

"Io mangio tre etti di pasta in novanta secondi ma resto umile."

"Ricetta cheesecake al cioccolato."

"Apri che sembra buona. Allooora, biscotti, burro, zucchero, Philadelphia... Philadelphia? Nella torta? Ti sembro Kaori? E poi mi vai criticando la trota."

Trascorsi una buona ora e mezza alla ricerca di una ricetta che solleticasse la mia libidine gastrica e alla fine mi affidai alle sapienti mani di GialloZafferano, che fa 'ste videoricette esplicative un po' alla Art Attak, e mi buttai su una torta di mele rovesciata: la tarte tatin.

Misi il burro, lo zucchero, la vaniglia e le mele a caramellare sul fuoco, poi chiusi la porta e andai in bagno. Tornai in cucina pochi minuti dopo e, non appena aprii la porta, un odore dolciastro di vaniglia e zucchero caramellato mi prese a mazzate lo stomaco. Richiusi immediatamente la porta in preda a conati sconquassanti simili a quelli di un gatto persiano che cerca di sputare un meteorite di pelo e, non appena mi ricomposi, mi lasciai prendere dal panico: ero in trappola. Non potevo andare in cucina senza vomitare, quindi non potevo spegnere il fornello né aprire le finestre o darmela a gambe. Se ci fosse stato anche un corvo, Poe si sarebbe trastullato come un tredicenne davanti all'intimo di Postalmarket.

Feci l'unica cosa che farebbe una qualsiasi donzella in pericolo: chiamai il mio cavaliere. In quel momento si trovava chissà dove al lavoro e lo interruppi perché venisse in mio soccorso.

*Tuuu. Tuuuu.*

«Rispondi, maledetto.»

«*Tuu* Pronto?»

«Ommioddiotipregoaiutamistomorendocorrisubito!»

«Che c'è? Che succede?»

«Sto facendo una torta ma l'odore mi fa vomitare, ora sono intrappolata in corridoio e non riesco ad andare in cucina. Come faccio? Aiutami ti prego!»

«Ma sei fuori? Mi hai fatto cagare sotto!»

«Potrei non farcela, sulla mia lapide fai scrivere "Peronaci infame per te solo teflon nel tegame".»

«Tappati il naso, no?»

«...»

«Ohi, Giada?»

«Bravo, vedi che hai sempre una buona soluzione a tutto?»

«Ma perché, non ci avevi pensato?»

«Tisalutociao.»

Chiusi la conversazione, presi coraggio, una grossa boccata d'aria e mi lanciai in cucina, tolsi le mele dal fuoco e spalancai le finestre, poi scappai via. Operazione riuscita.

La torta venne una vera merda. Sembrava uno sformato di pneumatici. La abbandonai sul tavolo sperando di abbassare le mie aspettative e rivalutarla qualche ora dopo.

Trovai papà fermo davanti al tavolo con ancora la giacca addosso che la fissava senza emozioni.

«Cos'è 'sta roba?»

«Una tarte tatin.»

«Tortatin?»

«No, si pronuncia tartatén.»

«Turtaten?»

«TAR-TA-TEN.»

«Trattaté.»

«Lascia stare Moreno, tanto è pietosa.»

«Ma no dai, assaggiamola, non sembra malaccio.»

Ne tagliò una fetta e ne diede un piccolo morso valutativo. Io rimasi a guardarlo studiando la pragmatica della masticazione.

«Com'è?»

«Meglio di quella volta che mi hai messo il sale nel tè.»

I mesi di gravidanza mi sono sembrati nove secondi e nove anni insieme, magici e infernali, felici e infelici, ansiosi e impazienti. Un susseguirsi di momenti contrastanti e fantasie incolmate.

Piangevo inconsolabilmente e senza motivo, ogni sciocchezza mi faceva frignare come una bambina: una canzone oscena che passava per radio, la pubblicità dell'Ikea con il nonno che abbassava una mensola per far credere al nipotino di essere cresciuto in altezza, un concorrente di Masterchef al quale non si montavano gli albumi…

Un giorno, rientrando a casa, trovai affisso sul portone un cartello che segnalava l'interruzione dell'erogazione dell'acqua per qualche ora a causa di lavori di manutenzione. Io desideravo fortemente cucinarmi gli gnocchi gorgonzola e noci, quindi piansi per quarantacinque minuti.

Papà utilizzò questo momento terribile della gravidanza per farmi vedere i peggiori film esistenti, scene strappalacrime che ti straziano il cuore come *Apocalypto* o *The Impossible*, quindi se ti ho trasmesso brutte emozioni prenditela con lui, che mi ha fatto vedere film che dovrebbero essere vietati ai minori e a chi li contiene.

Successivamente iniziai a percepire i celsius come se fossero fahrenheit: facevo docce fredde e uscivo senza giacca, a gennaio mi aggiravo per casa in mutande con le finestre spalancate e con la malsana intenzione di accendere il condizionatore.

Papà divenne Ötzi del Similaun, praticamente aveva tutti i requisiti della normativa sull'abbattitura e poteva tranquillamente essere usato per fare gli uramaki. A un certo punto iniziò a parlare come Maurizio Costanzo.

«Giada, pocca puppana, si muore di feddo qua detto.»

«Mettiti la felpa.»

«Macché pelpa, chiudi la finettra.»

«No, poi ho caldo.»

«Ma io non poffo peddere la boccopommonite pecché tu hai caddo.»

«Sei sempre il solito esagerato.»

«E a luglio che pai? Ti trapperisci in Sibberia? Me ne bado a letto va'. Demo, sigla.»

Facemmo la prima ecografia il trenta gennaio.

La prima ecografia della storia di una coppia è una di quelle cose che si ricorda per tutta la vita, è il momento esatto in cui un papà entra in contatto diretto con la gravidanza della compagna e allo stesso tempo è il momento in cui la realtà, che fino a quel momento si presenta come astratta, si mostra in tutta la sua concretezza su un monitor. Ero trepidante e non vedevo l'ora di vederti.

Quel giorno pioveva a damigiane e c'era un vento fortissimo. Io, che ci tenevo a presentarmi carina al nostro primo appuntamento, misi il mio vestito preferito – quello grigio con i pallini viola – gli stivaletti, mi sistemai bene i capelli e tracciai una sottile linea di matita nera sugli occhi. Arrivai lì che sembravo il cantante dei Tokyo Hotel.

«Sembro una scappata di casa?» chiesi a papà sedendomi in sala d'aspetto.

«Ma no dai, questa parrucco-struttura andava forte nell'Ottanta.»

«Bene, sono solo in ritardo di trent'anni.»

«Io ti tengo il tempo, tu vai con *You Spin Me Round.*»

«Davvero assomiglio a Pete Burns?»

«Sì ma prima dell'operazione.»

«Signora Sundas?» chiese una voce alle nostre spalle.

«Sì, sono io», risposi alzandomi e dirigendomi nella stanza.

Ci fecero accomodare in un piccolo ambulatorio diviso da un séparé, ci vennero fatte alcune domande di routine, dopodiché ci fecero spostare dalla parte dell'ecografo.

Mi sdraiai sul lettino, mi tirai su la maglietta e la ginecologa mi spremette sulla pancia un flacone che mi scorreggiò addosso un gel blu alla stessa temperatura alla quale io tengo lo Zedda Piras. Nella mia vita non ho mai visto uno di quei flaconi pieni, sono sempre in procinto di finire e ti spruzzano addosso come se avessero un brutto virus intestinale. Probabilmente i produttori di 'sto frozen gel lo mettono sul mercato già semivuoto per dare questo effetto malaria.

Dopo avermi eiaculato su tutta la pancia, prese un manipolo da una macchina con un piccolo schermo catodico e me lo ficcò in un fianco, scavando come se stesse cercando di far funzionare un telecomando con le batterie scariche.

«Ecco il vostro bambino!» disse entusiasta.

Nel frattempo mi aveva fatto collassare due organi e aperto il chakra del turpiloquio.

«Questa è la testa», disse indicando un krapfen, «e questi sono i piedini.»

Ed eccoti lì, un meraviglioso agglomerato di nebulose scolorite.

«Sì, lo vedo», disse papà sorridendo.

A me pareva di guardare il televideo.

«Io non capisco niente», dissi.

«Ma come non capisci niente? Si vede benissimo! Guarda qui», disse lei indicandomi una rotellina Haribo sul monitor.

«E cosa sarebbe?»

«È il suo pancino, e queste due sono le braccia.»

Niente, come guardare attraverso un caleidoscopio.

«Vediamo se riusciamo già a sentire il cuoricino.»

Con una rapida sequenza di barbatrucchi, la stanza si riempì di equini al trotto sul pavé. *Crzuoa crzuoa crzuoa crzuoa crzuoa.*

«Ecco, il battito c'è, forte e chiaro», disse sorridendo la ginecologa.

Io restai ipnotizzata da quel suono ritmico come un cobra davanti a un flauto, che neanche quando Daniele Bossari lanciava *Dragostea Din Tei* a *Top of The Pops.*

Fui percorsa da autostrade di formicolii che si congestionarono sulla nuca, la stanza si fece muta dinanzi al grido di un cuoricino ambizioso. Mi sentii implodere.

"È il mio bambino. È qui, esiste davvero dentro di me."

Restai sconnessa dal mondo per qualche istante pensando a quanto fossi magnifica: avevo fatto un po' di spazio accanto al mio cuore per far sì che ci stesse anche il tuo e adesso battevano insieme, dipendendo uno dall'altro.

«Quindi è tutto al posto giusto?» chiese papà.

«Sì, è tutto nella norma. Si può rivestire, ci vediamo poi tra un paio di mesi per la morfologica», disse lei porgendomi uno strappino di carta sufficiente a soffiare il naso a un pigmeo preadolescente con la rinite. Cercai di asciugare alla bell'e meglio il guano di puffo dalla pancia finendo per spalmarmelo ancora di più, fin sotto le ascelle.

Uscii dall'ospedale con una Polaroid con su immortalato un dodo strano e puzzando di olio di fegato di merluzzo, mentre mi portavo a casa il suono del cuoricino per il quale il mio aveva iniziato a battere.

Per i primi tre mesi non mangiai quasi nulla, l'appetito si era totalmente defilato e ogni sapore mi disgustava, compreso quello del dentifricio. Anche solo vedere gli spot pubblicitari dove la gente si lavava i denti mi faceva accapponare la pelle.

Poi piano piano questa repulsione sparì e in poco tempo divenni il cosplayer di Poldo. Mi prendevano questi attacchi improvvisi di fame petalosa ed emergeva la mia personalità cicciona: gli occhi mi diventavano bianchi, iniziavo a camminare a scatti come un cyborg e mi lanciavo sul frigo ripetendo MANGIARE MANGIARE MANGIARE. Divenni l'incubo delle credenze, la profetessa dei Peperlizia, la certezza della rata mutuo trentennale per il focacciaro del paese.

Non saprei dire se stavo solo approfittando della situazione oppure se la tua presenza era davvero così interferente con il mio appetito.

Una sera papà uscì con un amico a bere qualcosa, io non ne avevo voglia, quindi restai a casa a leggere con la copertina sulle gambe sorseggiando tè caldo, mancava solo il Beghelli al collo per completare il quadro.

Mentre imbastivo le prove generali per il mio pensionamento, mi travolse una violenta voglia di gelato.

Nel congelatore trovai una confezione di Carte D'Or al torroncino e iniziai a salivare come un levriero di Pavlov. Recuperai un badile, mi sistemai sul divano e aprii la confezione. Dentro c'era un minestrone dell'89.

La sofferenza, la pena, l'amarezza... Mi sentii come quando alla materna la maestra mi tolse la parte della stella cometa alla recita natalizia per assegnarla a quella stronza di Martina della sezione dei pulcini, e a me toccò fare l'asinello.

Rimasi a fissare l'iceberg di cannellini e patate con il dolore nel cuore, un ettolitro di lacrime suonò al campanello, in lontananza uno stormo di avvoltoi fece eco ai miei lamenti straziati, un quartetto d'archi intonò un'infelice melodia di accompagnamento...

Rimisi il minestrone in congelatore e chiamai papà.

«Pronto?»

«Ciao, come va?»

«Bene, ma che succede?»

«Desidero fortemente del gelato.»

«Gelato?»

«Sì, alla nocciola se possibile.»

«Giada, ma dove te lo trovo il gelato alla nocciola a febbraio alle undici e mezza di sera?»

«Questo lo ignoro.»

«Posso prenderti un Cucciolone qui al bar se vuoi.»

«Il Solero non c'è?»

«No che non c'è.»

«E il Winner Taco?»

«No, Giada, se vuoi c'è il Cucciolone o il Magnum bianco. Altrimenti ci sono dei ghiaccioli.»

«Neanche la Coppa del Nonno?»
«No, neanche quella.»
«Le Wacko's al ketchup non le hanno?»
«Dal gelato alla nocciola alle patatine in meno di un minuto. Da qui all'impepata di cozze è un attimo.»
«Dai, allora portami un ghiacciolo al cedro.»
«Al cedro, Giada? Sei seria? Ma che gusto è?»
«Ma uffa! Non c'è niente di quello che voglio! Portamelo al limone allora, ma non ti lamentare poi se il bambino nasce con la voglia di cedro.»
«Non so neanche cos'è un cedro, figurati se mi pongo il problema.»
«Dai, fai presto che sto morendo di fame.»
«Arrivo.»
Rientrò a casa un quarto d'ora dopo e mi trovò addormentata.

I controlli di routine che si fanno in gravidanza sono uno strazio, arrivi con l'ansia perché sai già che la bilancia rivelerà i tre etti di tortelli che hai inglobato per fagocitosi la sera precedente, consapevole che verrai duramente sgridata.
Arrivai nello studio medico con un quarto d'ora di anticipo e restai in piedi con la speranza che la gravità aiutasse il mio metabolismo basale a scomporre qualche carboidrato; nella sala d'attesa c'erano sei donne convesse.
Quello che succede in questi ambienti lo si sa solo se lo si ha già provato: l'aria è satura di ormoni che le gestanti spruzzano a cadenza regolare tipo diffusori Air Wick, quelli che ti provocano la disfunzione del miocardio quando sei soprappensiero aggredendoti all'improvviso con un *fssssss* da centocinquanta bar, e si guardano di sottecchi tra loro per valutare l'epoca gestazionale delle altre e stilare una mentale scaletta di date presunte del parto.
Non appena qualcuno rompe il ghiaccio, solitamente con una frase di circostanza tipo «caldo eh?», si crea una specie

di formazione boy-scout nel quale le matricole alla prima gravidanza si dispongono a semicerchio per ascoltare gli insegnamenti e le esperienze delle accrescitrici demografiche. Questi soggetti plurifiglianti si manifestano come profeti portatori della verità assoluta su gestazione, parto e puerperio, disquisiscono con le novelle pregne con un sottile tono di superiorità e se sono a fine gestazione e tu sei alle prime settimane ti guardano come se stessero dicendo "eeeh, ne devi mangiare ancora di Folidex cara mia".

Mi sedetti in disparte un po' isolata per non rischiare di entrare in contatto con loro (prima regola del gravi-club: non incrociare mai lo sguardo con un'altra gestante, o sarai costretta a comunicarle la tua epoca gestazionale) e origliai un po' le loro conversazioni. Le domande sono sempre più o meno le stesse: di quante settimane sei? Quanti chili hai preso? È il primo figlio? Quante volte al giorno vomiti? Hai già le emorroidi? Dopo aver fatto le presentazioni la conversazione si sposta sui dettagli tecnici e volano termini come toxo, beta, amnio, traslu, morfo, DPP, curva... Lo slang gestazionale è un test di valutazione selettivo per stabilire la scala gerarchica tra le gravide, se conosci tutti i termini puoi far parte del ghetto degli uteri ripieni, altrimenti vai a sgravare fuori dal nostro territorio, stronzetta.

Restai in disparte attendendo il mio turno, fingendo di leggere un «Novella 2000» del duemilacinque e disponendo mentalmente le gravide in ordine decrescente di grandezza come se fossero regoli. Venti minuti più tardi fui chiamata nell'ambulatorio.

Dietro alla scrivania c'era una donna sulla cinquantina con capelli corti biondissimi, le sopracciglia nere e dei graziosi baffetti allevati a terra.

«Signora Sundas, giusto?»

«Sì, sono io.»

«Prego, si sieda.»

Estrasse dalla tasca del camice una rotella di cartoncino colorato con sopra tanti numeri disposti tutt'intorno al bordo.

Merda, sono una schiappa a Twister.

«Ultima mestruazione?»

«Ehm, otto novembre, mi pare.»

Fece girare la rotella.

"Cento cento cento cento..."

«Bene, la data presunta del parto è il quindici agosto. Sarà un leoncino!» disse entusiasta.

«Ehmmm, yay?»

Controllò le mie analisi, la pressione, mi smanacciò la pancia e mi visitò, poi venne il momento fatidico.

«Controlliamo il peso.»

Salii sulla bilancia con la volontà di un uomo che si presta all'esame della prostata.

«Ha preso sei chili dall'inizio della gravidanza, considerando che è solo la prima metà, sono un po' eccessivi. Sarebbe il caso di iniziare una dieta.»

Dieta? Nel mio cervello partì l'antivirus, la parola dieta venne percepita dalle mie sinapsi come un trojan e si attivò una sirena a intermittenza. I miei neuroni andarono in panico e iniziarono a correre in modo scomposto strappandosi i mitocondri, il presidente dell'infrastruttura cerebrale fece calare le scialuppe e il sistema fu abbandonato in disfacimento.

«Lei cosa mangia durante la giornata? Mi descriva i suoi pasti tipo.»

«A colazione mangio una brio...»

«OMMIODDIO LE BRIOCHE CONFEZIONATE!»

«Ehm, sì. E bevo del succo.»

«SANTO CIELO IL SUCCO INDUSTRIALE!»

«Esatto. A pranzo mangio un toast o una piadina e a cena la pasta e un secondo.»

«Un secondo tipo?»

«Tipo i Sofficini, i bastoncini di pesce, le Spinacine...»

«Non ci siamo. Non ci siamo proprio! Mai un frutto, neanche delle verdure!»

«Ma le Spinacine hanno...»

«NON CI PROVI NEANCHE.»

Uscii dallo studio con in mano un foglio con su scritte cose blasfeme come settanta grammi di pasta, due cucchiaini d'olio, yogurt magro, bieta all'agro.

Poco dopo mi telefonò papà.

«Pronto?»

«Com'è andata la visita?»

«Malissimo.»

«Che succede?»

«La ginecologa mi ha costretta a sostituire i Sofficini con il petto di pollo.»

«Incredibile, sicuramente prende mazzette da Amadori.»

«Dice che sono ingrassata troppo.»

«Quindi adesso che fai?»

«Devo stare a dieta.»

«AHAHAHAHAHAHAHAHAHA.»

«Dico davvero.»

«Quindi niente più torte di mele?»

«Già.»

«Grazie al cielo.»

Andai al supermercato con la lista della spesa per il mio nuovo regime alimentare e comprai pasta di farina di compensato, cornflakes d'avena da bagnare nelle lacrime e tonno al naturale così tenero che si taglia con una falce. Comprai frutta, verdura, legumi fino a quando non mi imbattei in un termine sulla mia lista che non conoscevo: la bieta. Iniziai ad aggirarmi smarrita nel supermercato come un John Travolta confuso, una persona normale avrebbe digitato «bieta» su Google immagini, ma a me piacciono le avventure, quindi mi lanciai tra gli scaffali con il mio carrellino a traino interrogando le persone come se fosse una caccia al tesoro.

È frutta? No, disse la signora Ines.

È una verdura? Sì, dissero dal reparto sottaceti.

È verde? Ah, *sai nen mi.*

Ha i baffi?

È Carl?

Dopo un'estenuante ricerca, la trovai tra i surgelati.

A casa scoprii che è una strana erbetta che nasce a cubotti in periodo di Pentecoste.

Inutili furono i tentativi di assemblare una cena sana ma commestibile: la bieta sa di terra misto culo, ma il sapore di culo è quello che prevale.

Quel giorno decisi che, una volta venuta al mondo, l'avresti pagata cara.

I giorni seguenti ce la misi tutta per seguire la dieta: sgranocchiai sedanini e carotine al posto delle patatine, mele e banane al posto dei Kinder Cereali e fette biscottate e confettura di depressione al posto dei Pan di Stelle, cucinai addirittura quei pisellini surgelati che stazionavano in freezer dal mio esame di quinta elementare, utilizzati solo su contusioni e slogature.

Il sole sorse due volte sulla mia dieta. Al terzo giorno di farro perlato con zucchine e insalatina di finocchi, mi ritrovai inspiegabilmente con un tubo di Pringles in mano. Una specie di sonnambulismo di veglia che ti spinge a lavarti, vestirti, uscire, prendere l'auto, raggiungere il più vicino supermercato e acquistare solo generi alimentari che superino le duecento calorie ogni cento grammi, assolutamente inconsapevole delle tue azioni. Soffrii di questo trippambulismo per tutta la gravidanza e oltre.

Finalmente arrivò il giorno della morfologica, lo attendevamo trepidamente perché eravamo tutti curiosi di sapere se avevi il pippo o la quacchera. Le fazioni si dividevano in qualfi e pippellini, i primi erano la mia famiglia, tutti desideravano che fossi una bambina, i secondi erano quasi tutti i membri della famiglia di papà, bramosi di non interrompere la secolare continuità dei cromosomi XY. Tutti tranne la nonna Biba.

Io devo ammettere che ho sempre desiderato, fin dall'inizio, avere un maschietto. Anzi, ero anche certa che lo fossi, qualcosa dentro di me mi diceva era avrei avuto il mio cocco di mamma, anche se spesso, durante la notte, sognavo di partorire una bambina.

Erano gli ultimi giorni di marzo e la primavera iniziava ad affacciarsi timida nell'opaco cielo nebbioso della Padania. Il reparto maternità pullulava di gestanti con la cartellina verde della gravidanza sulle ginocchia, nell'aria si poteva chiaramente percepire l'emozione dell'attesa. La sala fu velocemente rimpinzata di chiacchiere di circostanza interrotte di tanto in tanto da «è un maschietto» o «è una femminuccia» man mano che qualcuno usciva dalla sala dell'ecografia.

Ero davvero felice che, di lì a poco, ti avrei vista di nuovo, curiosa di vedere i tuoi progressi.

Davanti a noi c'era una giovane coppia: lei minuta, cerulea e con un grazioso caschetto biondo, lui alto, slanciato e con enormi occhi castani in tinta con i capelli. Sembravano entrambi molto eccitati per questo esame. Entrarono nell'ambulatorio e ci restarono un'infinità di tempo. Io ero così trepidante che ogni minuto lo percepivo come quadruplo.

«Dopo tocca a noi?» mi chiese papà.

«Sì», risposi io.

«Ma quanto ci mettono? È da una vita che sono dentro.»

Sentii scattare la porta e mi tirai subito in piedi pronta a entrare, anche papà fece un paio di passi avanti verso l'ambulatorio, poi ci bloccammo non appena uscì la coppia che ci precedeva. Lei aveva gli occhi gonfi e il viso arrossato, teneva lo sguardo ancorato al pavimento mentre il suo compagno la guidava verso la sala d'aspetto cingendole le spalle con un braccio. Sembravano entrambi molto scossi. Dalla stessa stanza uscì una donna in camice bianco.

«Aspettate qua, avviso il primario», disse loro addentrandosi nel reparto.

Nella sala riprese il consueto chiacchiericcio qualche secondo dopo, questa volta però sotto forma di brusio sconnesso.

Ci risedemmo al nostro posto, accanto a loro.

Lei era seduta alla mia destra, sempre con lo sguardo basso, lui era in piedi accanto a lei che le accarezzava la schiena con ritmici movimenti verticali. Poco dopo le squillò il cellulare, lo pescò dalla borsa e lo fissò indecisa per qualche secondo prima di rispondere.

«Che c'è?» la voce era flebile, quasi un sospiro. «Male», continuò rispondendo alla domanda dell'interlocutore, «sembra ci sia qualcosa che non va», le ultime parole della frase erano già condite di lacrime.

«Non lo so mamma», continuò spazientita, «non ci hanno ancora detto niente di preciso.»

Aspettò la risposta e iniziò a parlare di malformazioni gravi, di sofferenza e aspettative di vita. Io mi alzai e mi allontanai seguita da papà. Mi sentivo un'intrusa, come se stessi origliando un enorme segreto, ma lo feci soprattutto perché lì, accanto a lei, stavo assorbendo la sua sofferenza e la stavo facendo mia.

Qualche minuto dopo la donna dal camice bianco sbucò dal reparto, diede indicazioni alla coppia e tornò nell'ambulatorio facendoci accomodare.

La stanza era spoglia e fredda, fredda di temperatura e di sentimento.

Ero spaventata, anche il mio bambino avrebbe potuto avere problemi di salute, avrebbe potuto essere malformato o addirittura già morto, e io non mi ero preoccupata di nient'altro che del colore dei body che avrei acquistato da Prénatal.

L'ecografia fu lunghissima, più di tutte le altre, la dottoressa si premurò di analizzare ogni organo e ogni ossicino da tutte le angolazioni e in diverse posizioni, quasi come se l'esperienza precedente l'avesse caricata di un'accortezza maniacale. A un certo punto mi fece pure alzare, camminare e saltellare per poter vedere meglio alcuni dettagli, mi prese a mazzate sulla pancia per cercare di farti mettere nella posizione che voleva lei, e quasi mi trapassò da parte a parte con quell'accidenti di manipolo per le ecografie.

Ogni volta che controllava qualcosa ce lo mostrava sul monitor, ci spiegava cosa fosse e ci confermava che era tutto nella norma. Era quasi più sollevata lei di noi.

«È un pisello quello?» chiese a un certo punto papà.

«No», rispose lei ridendo, «questo è un femore. Piselli sembra non ce ne siano.»

«Cioè? È una bambina?» chiesi io.

«Sì, è femmina.»

La notizia mi colpì come un pianoforte in caduta da un grattacielo.

"E il mio bambino? Il mio cocco di mamma? I trattori, le macchinine, le mosse di Rey Mysterio?"

Guardai papà, lui sorrideva. Per un attimo mi si proiettò l'immagine di voi due a confabulare alle mie spalle, escludendomi dalle vostre faccende.

Avevo già capito tutto.

La più entusiasta della notizia fu senz'altro la nonna Biba, anzi, impazzì letteralmente. Avendo avuto lei due figli maschi, si era lanciata in stregonerie, macumbe e alligalli in onore di Anubi affinché le mandasse una nipote da impizzettare.

Si abbonò a riviste tipo «Passione punto croce», «Puntocroceriste senza frontiere» e «Granny's health» e iniziò a ricamare bestioline antropomorfe su bavaglini, copertine e lenzuola del corredo; si dedicò agli acquisti mirati come scarpine minuscole e pacchi di Plasmon in formato asilo pechinese; scaricò una app sull'iPad per il monitoraggio della gravidanza e seguì con interesse tutte le trasmissioni medico-scientifiche che passavano in televisione.

Quando andavamo a cena da loro si premurava di innaffiare l'intero pasto con l'Amuchina per scongiurare qualsiasi temibile contagio mortale di toxoplasmosi, colera e tifo.

Se tra qualche anno si scopre che l'Amuchina è un terribile veleno e ti vengono le dita palmate, sai con chi prendertela.

Al quarto mese mi comparve sulla pancia una riga scura in verticale che partiva dal pube e andava fino allo stomaco. La nonna Biba, già accuratamente informata sull'evento, imbastì un monologo con la giusta terminologia scientifica esponendoci tutti i dettagli sulla concentrazione di melanina.

«Sarà tipo il meridiano di Greenwich», disse papà sedendosi sul divano accanto a me.

«Per misurarmi dividendomi a metà in due parti esatte?» risposi io.

«Esatto, così quando sarai ciccionissima, basterà che mi dica le coordinate di latitudine e longitudine e io saprò dove grattarti.»

«Mi stai dando del planisfero?»

«No, in realtà del mappamondo, ma uno di quelli carini, tipo il Clementoni che si illumina.»

«Non è una cosa carina, sai, dare del mappamondo a una donna incinta!»

«Dai, non ti arrabbiare che fai staccare una slavina sul K2.»

«Se non la pianti ti prendo a colpi di Bielorussia», dissi allontanandomi.

«Va bene, la smetto. Già che sei in piedi, mi prendi il telecomando?»

«Baciami il polo Sud.»

Mi resi conto al cento per cento di essere davvero incinta solo dopo la prima metà della gravidanza. Guardavo quella pancetta che finalmente iniziava a palesarsi e desideravo solo che diventasse più grossa. Ora, ripensandoci, mi chiedo perché fossi così scema. All'inizio il corpo assume lentamente questa tenera forma sferica, piccole curve che, agli occhi esterni, ti fanno sembrare una splendida dea della fertilità, mentre ti accarezzi il ventre vestita solo di un nastro di raso con onde lucenti che danzano al vento sulla tua testa. Sono momenti davvero magici quelli in cui, specchiandoti giorno per giorno, riesci a vedere come la vita stia crescendo in te. Poi improvvisamente, dopo il settimo mese circa, se ti metti davanti allo specchio riesci a vederti ingrassare in diretta. Come osservare qualcuno che gonfia un materassino da spiaggia con la pompetta a piede. Vai a dormire e quando ti alzi pesi tre chili in più, e una striscia di pancia ti sbuca dalla maglia del pigiama come a un conducente di autoarticolati.

Ma io questo non lo sapevo e non appena la pancia iniziò a sporgere ne fui felicissima, impaziente di vederla crescere ancora.

In quel periodo lavoravo in centro a Torino e vivevo a Chivasso, quindi facevo ogni giorno un tour di camminata/deportazione Trenitalia/autobus di linea per raggiungere l'ufficio e tornare a casa.

Al quinto mese iniziava a essere piuttosto evidente che quella che mi portavo appresso era una pancia da gravidanza e non da cannelloni, ciononostante il passeggero medio torinese non accennava a mostrare segni di cedimento del posto. Dev'esserci una specie di galateo dell'autotrasportato padano, una raccolta di regole intrinseche tramandate vocalmente di generazione in generazione che detta come applicare i propri doveri civici quando si viaggia in autobus. In base alla mia esperienza questa tramtiquette recita più o meno così:

1. All'interno di un mezzo, durante tutta la corsa, dev'essere presente almeno un passeggero che ha mangiato aglio

la sera precedente. In caso non vi fosse, la corsa è sospesa fino al raggiungimento dei requisiti.

2. È opportuno che i passeggeri che desiderano ascoltare musica durante la tratta, lo facciano senza cuffie e con il volume più alto possibile affinché tutti i passeggeri possano goderne le note pneumatiche.

3. Se si viene sorpresi da un controllore senza il biglietto, è sempre meglio fingere di aver dimenticato il portafoglio a casa e dichiarare di chiamarsi Giampiero Fumagalli. Anche se si hanno le sembianze di una donna asiatica.

4. Se si riceve una telefonata importante, è buona educazione conversare all'apparecchio a una tonalità vocale che possa raggiungere in modo chiaro le orecchie di tutti i presenti.

5. Se si appresta a salire un anziano o una donna in stato di gravidanza è preferibile non accennare minimamente a cedere loro il posto. I primi potrebbero risentirsi del fatto che li consideriate anziani, le seconde potrebbero non essere veramente incinte ma solo fedeli affiliate del Burger King. Nel dubbio, non incrociare mai il loro sguardo e tenere gli occhi fissi sull'iPad.

Ricordo una sera di metà aprile, per qualche ragione faceva un gran freddo anche se nell'aria si sentiva già profumo di fiori, era stata una giornata sfiancante ed ero davvero a pezzi, uscii dall'ufficio e mi trascinai fino alla fermata con lo sconforto che contraddistingue un pendolare che sta per affrontare un'ora di viaggio per tornare a casa. A quel punto della gravidanza, la sera, si presentava una fastidiosa tensione alla parte bassa della schiena e arrivavo a casa sempre dolorante. Salii sull'autobus e mi aggrappai saldamente a uno di quei pali da pole dance posti al centro del mezzo. Seduti di fronte a me c'erano una donna sulla settantina che stringeva la borsa al petto e un adolescente che guardava fisso il suo cellulare. La donna si girò verso il ragazzo e gli diede un buffetto sul braccio.

«Be', non hai visto?» gli disse.

«Cosa?» fece lui.

«Non ti hanno insegnato la buona educazione? C'è una donna incinta.»

«Non l'ho mica messa incinta io», rispose infastidito riportando la sua attenzione sul cellulare.

Lei guardò verso di me e fece un "no" sconsolato con la testa, io le sorrisi e le dissi di non preoccuparsi, in quel momento sentii uno sfarfallio al basso ventre.

"Devo fare la cacca?"

Altro sfarfallio.

"Saranno state le due Kinder Délice che ho mangiato a merenda."

Ancora un altro.

"Se arrivo a casa, da domani mi porto una banana."

Scesi dall'autobus ed entrai in stazione, il treno era già sul binario, salii e mi sedetti al primo posto libero. Non appena il treno partì, mi rilassai sul sedile e chiusi gli occhi.

Questa volta lo percepii forte e chiaro.

"La mia bambina si sta muovendo", pensai emozionata. Appoggiai la mano sul ventre e richiusi gli occhi concentrando tutta la mia attenzione su quella sensazione. La sentii ancora, e ancora, e ancora... Se chiudo gli occhi e mi concentro, posso sentirla ancora adesso.

Finalmente, dopo tutti quei mesi, stavi comunicando con me, finalmente avevi fatto un passo avanti, pronta a dirmi: "Eccomi, mamma, mi hai sentita?".

Allora non sapevo quanto fosse rilevante nella vita di una donna la sensazione di un movimento dentro il corpo, lo capii dopo, una volta che non la sentii più. Quei movimenti non si cancellano mai, restano impressi nelle tue viscere fino alla fine dei tuoi giorni, il tuo ventre li memorizza e li tiene stretti per sempre, marchiati a fuoco nei tuoi tessuti. La natura si è premurata di regalare alla donna alcune piccole gioie disseminate nel percorso della gravidanza, per farsi perdonare del grande dolore che la costringe a subire per dare alla luce un figlio. Anche se in proporzioni nettamente disuguali. Questo lo dimostra il fatto che altrimenti il perfetto cerchio della vita avrebbe privato le donne della razionalità, in quanto perfettamente in grado di riconoscere che un'anguria di tre chili non può passare attraverso una cannuccia da mojito e quindi di portare l'umanità all'estinzione. Invece no, la natura ha donato alla donna la consapevolezza della sofferenza, ma anche buone ragioni per sopportarla, e il riverbero infinito di un calcetto nella pancia è davvero una buona ragione.

Dopo aver superato i primi ostacoli, la gravidanza procedette piuttosto bene. Arrivati al sesto mese, la faccenda iniziò a farsi anche piacevole: i capelli erano lucenti e folti, la pelle era liscia e luminosa, le unghie crescevano così velocemente e così forti che sembravano scimitarre persiane e la pancia non era ancora così grande da impedirmi di farmi il bidet. Insomma iniziavo a godermi i piaceri dell'attesa, i sorrisi teneri dei passanti che incontravo in giro, auguri a profusione da sconosciuti, casse prioritarie al supermercato, niente code dal medico, parcheggi dedicati, poter mangiare un'intera confezione di ravioli con la dicitura «per due persone».

Con l'arrivo dell'evidente sfericità, però, si presentò anche l'inevitabile e incessante curiosità sul nome. Un continuo «avete scelto il nome?», «come la chiamate?», «il nome l'avete già pensato?», «ancora niente nome?».

Alla fine ci trovammo davanti alla dura decisione.

«Allora, come la vogliamo chiamare 'sta bambina?» chiesi a papà una sera mentre ci mettevamo a letto.

«Non ne ho idea, tu hai già in mente qualcosa?»

«Niente di niente.»

«A me piace Diana.»

«Naaa.»

«Anche Désirée non mi dispiace.»
«Naaaaa.»
«E allora dinne uno tu!»
«Non saprei. Sveva?»
«Non mi piace.»
«Carla?»
«La figlia di mio cugino si chiama così.»
«Andrea?»
«Mia cugina si chiama così.»
«Eccheppalle!»
«Cerchiamo su internet», disse prendendo il cellulare dal comodino.
Digitò "nomi bambini" su Google e aprì il primo risultato.
«Sofia, Giulia, Serena, Martina…»
«No.»
«Aurora, Emma, Giorgia, Elisa…»
«No.»
«Carlotta, Greta, Luisa, Sulpicia…»
«Sulpicia?»
«Sul-pi-cia… Sì, Sulpicia.»
«Ma che nome è?»
«Non lo so, ma di certo mia figlia non starà sul picio di nessuno.»
«Dai a me, cerco io», dissi prendendogli il cellulare dalle mani.
Cercai per ore e ore nei siti di nomi uno che facesse al caso nostro e non ne trovai nessuno, alla fine mi arresi e lasciai perdere. Papà dormiva già da un pezzo.
Mi accucciai sotto le coperte e cercai di addormentarmi, senza risultato. Da qualche tempo avevo iniziato ad avere problemi di sonno dovuti soprattutto al fatto di non poter più stare a pancia in giù. Avevi iniziato a essere ingombrante e la ricerca della giusta posizione per dormire era diventata davvero un incubo.
Dopo un'ora di insuccessi decisi di alzarmi e andai in sa-

lotto a guardare la televisione. Accesi su Real Time e mi misi a guardare un programma chiamato *24 ore in sala parto.*

Grave errore, gravissimo errore.

Restai con gli occhi incollati al televisore mentre scorrevano immagini di donne urlanti, gambe spalancate, mani insanguinate, pance aperte in due... Ero disgustata ma non riuscivo a smettere di guardarlo, come se fosse il peggiore degli horror splatter. Dario Argento un pivello, proprio.

Una donna saggia avrebbe spento tutto e sarebbe andata a letto, oppure avrebbe virato verso le repliche di *Settimo cielo* su Italia Uno, io invece guardai due ore di donne partorienti. Alla fine decisi che io non avrei mai fatto una cosa del genere.

Spensi la televisione e andai in camera.

«Moreno...»

«...»

«Ehi Moreno...»

«Mmm?»

«Dormi?»

«No, Giada, perché lo pensi?»

«Devo parlarti.»

«Ma che ore sono?»

«Le due e mezza.»

«E non possiamo parlare domani?»

«È importante.»

«E allora dimmi», disse facendo leva sui gomiti e mettendosi a sedere.

«Non voglio più avere un figlio.»

«Eh? Ma che dici?»

«Ho cambiato idea.»

«È un po' troppo tardi, non trovi?»

«Sì, ma io non voglio più.»

«Giada ma che ti prende? Sei impazzita? Vieni a letto, dai.»

«Ho visto come nascono i bambini.»

«Dove?»

«In tele, adesso.»
«Pensavo lo sapessi già come nascono i bambini.»
«Non così dettagliatamente. Ora che lo so non voglio più farlo.»
«Mmm, e come pensi di fare?»
«Non lo so, tipo, mandando una raccomandata con ricevuta di ritorno al ministero intergalattico della maternità dicendo di volermi avvalere del diritto di recesso.»
«Non credo funzioni come Tiscali.»
«E come possiamo fare?»
«Possiamo fare che adesso torniamo a dormire e non ci pensiamo più fino a quando non sarà ora di farla venire fuori, questa bambina. Quando sarà arrivato il momento io ti darò la mano, così me la potrai stritolare e soffriamo insieme, d'accordo?»
«Posso stritolarti la mano?»
«Andrò dal medico a farmi fare il certificato di sana e robusta stritolabilità.»
«Ti amo.»
«Anch'io, quando dormi.»

Gli esami a cui bisogna sottoporsi nel periodo della gestazione sono tantissimi, a partire dai prelievi di sangue fatti a cadenza mensile. Ogni volta che andavo me ne toglievano un po' di più; all'ultimo, invece delle provette, usarono direttamente una bigoncia. Il mio braccio era talmente bucherellato da poterci giocare con i chiodini colorati. Durante la gravidanza l'organismo mette in circolo due litri di sangue in più, credo sia una sorta di adattabilità che il corpo delle donne ha sviluppato dopo aver capito che se non ne produceva altro sarebbe rimasto senza.

Ma l'esame più divertente in assoluto è la curva glicemica. Ah, che piacere.

Feci la curva glicemica al sesto mese di gravidanza, ed è il motivo per il quale molto probabilmente resterai figlia unica. La curva glicemica è peggio di una colonscopia con la canna da giardino.

Arrivai all'ospedale prestissimo e ovviamente a digiuno, e mi diedero subito il buongiorno con un ago nel braccio e un secchio di sangue in meno. Dopo mi servirono mezzo litro di glucosio puro aromatizzato alla condensa di frigo.

«Lo deve bere tutto entro dieci minuti. Se vomita si ricomincia», mi disse l'infermiera con lo scazzo che contraddistingue una menopausata con la caldana mattutina.

«Ma fa schifo!»

«Se preferisce può diluirlo nell'acqua.»

«Per allungare l'agonia.»

Mi guardò malissimo.

«Va bene, mi dia l'acqua allora.»

«L'acqua se la deve andare a comprare alle macchinette.»

«Evviva il servizio sanitario nazionale!» dissi allontanandomi.

Comprai l'acqua frizzante, per provare a dargli un tocco più piacevole, magari fingendo fosse un cocktail, un *Gluco on the beach*, e iniziai a mandare giù lentamente. Quasi rimpiangevo la bieta.

Se all'inferno servono da bere, danno senz'altro quella roba lì.

Dopo due bicchieri iniziai ad avere i conati.

«Signorina, guardi che l'ho vista. Se vomita la faccio ricominciare daccapo», disse l'infermiera da lontano.

Nella sua voce era evidente il sadismo con la quale sottoponeva le persone a quella tortura medievale. Ne traeva proprio un piacere personale. Probabilmente devono aver fatto una ricercata selezione del personale per trovare la giusta candidata per questa mansione. «Cercasi infermiera stronza con pregressa mancanza di soddisfazioni per sottoporre le gravide all'esame della curva glicemica, meglio se provvista di una buona dose di frustrazione da riversare sul prossimo.

Inviare la candidatura a GlucosKlan@sadojobs.it, no perditempo.»

Ed eccola qui, Glucosia Demon in tutto il suo baffuto splendore.

Con non poca fatica riuscii a finire il mio brodo di palude senza vomitare, la mia vicina non fu altrettanto fortunata e tirò fuori anche il pranzo della prima comunione. Fu costretta a rifare tutto.

Dopo l'aperigluco dovetti aspettare un'ora, poi mi venne fatto un altro prelievo. Lì ebbi la certezza di non stare simpatica a Glucosia, lo capii perché mi cacciò l'ago nel braccio con la stessa verve di Armstrong che pianta la bandierina su un cratere lunare.

«Ora deve aspettare un'altra ora per il secondo prelievo.»

«Ancora?»

«Sì signorina, ancora», ribatté lei con velato sarcasmo.

Tornai a sedere nella sala d'aspetto e ci restai per un'altra ora intera; nel mentre il mio stomaco aveva iniziato a fare la centrifuga.

Probabilmente fu a causa dello zucchero, ma tu iniziasti a muoverti convulsamente accentuando lo stimolo della pipì che mi avevano proibito di fare.

Con me c'era un'amica che mi aveva accompagnata, Federica, che mi fece compagnia per tutto il tempo e divise con me le mie pene.

Feci il secondo prelievo che era già mezzogiorno, dopodiché dovetti aspettare un'altra mezz'ora per i risultati.

Fui chiamata dentro l'ambulatorio dove mi aspettava un uomo sulla cinquantina con i capelli bianchi e ricciolini e un sorriso cordiale.

«La signora Sundas?» mi chiese.

«Sì.»

«Lei ha avuto il risultato migliore di tutte, il suo corpo smaltisce perfettamente gli zuccheri. Vedendo le sue precedenti analisi, io questo esame non glielo avrei neanche fatto fare. Ora faccia un pasto leggero e per oggi non si affatichi troppo.»

Io rimasi muta. Probabilmente mi uscì del fumo da tutti gli orifizi, perché la mia amica ringraziò e mi trascinò fuori.

Il meglio venne dopo, perché per tutto il giorno mi bruciò lo stomaco e feci rutti al sapore di uovo marcio.

Iniziammo il tour de force degli acquisti neonatali piuttosto in ritardo rispetto allo standard della coppia in attesa. Questo lo dedussi dalla grandezza media delle pance che si aggiravano per i negozi, la metà della mia.

Preparai un itinerario con tutti i negozi per l'infanzia del circondario, robe come Universo Bimbo, Bimbo Store, Bimbo Center, il Mondo del Bambino, Tanto va il bimbo al Plasmon che ci lascia il rigurgitino...

Appena entrammo in uno di questi inferni del Chicco fummo assaliti dal caratteristico odore di pasta lenitiva e borotalco. Non so come facciano a creare questa atmosfera puerperale, sicuramente hanno dei bruciaessenze all'aroma «nuca di neonato», lavano i pavimenti con lo scopettone e le salviettine umidificate per culetti e lubrificano i cardini con la Mustela, altrimenti non si spiega.

Gli acquisti sono accompagnati dalle sigle dei cartoni animati riprodotte al discreto volume che utilizzano al Cocoricò per David Guetta, e il personale ti assale non appena fiuta un accenno di interesse per una qualsiasi suppellettile.

Rigidamente addestrati nell'accademia militare della terza divisione di Mastroteria, i commessi dei magazzini di articoli per l'infanzia riescono a plasmarti la mente e crearti necessità che prima di entrare non avevi.

La nostra intenzione era di dare un'occhiata per farci un'idea di cosa sarebbe stato necessario e di quanto avremmo speso, indicativamente. Restammo stupiti di quanti gingilli servano per il sostentamento di un neonato, o almeno, di quanti gingilli vogliano farti credere che servano per il sostentamento di un neonato.

Allatti? Paracapezzoli, tiralatte , cuscino da allattamento, crema per capezzoli, integratori per l'allattamento, reggiseni a soffietto, collana occupa-manine, altrimenti, mentre allatti, il bambino con la mano libera ti cerca Radio KissKiss sull'altro capezzolo.

Non allatti? Biberon, tettarelle anatomiche, anticolica, latte in polvere, latte liquido, sterilizzatore, scovolino, scaldabiberon, bollitore.

Cosleeping? Sidebed, lenzuoline, sacco nanna, barriera anticaduta, tele cerate per il lettone, umidificatore per ambienti.

Sleep ognuno per i cazzi suoi? Culla, corredino, cuscino antisoffoco, baby monitor, carillon, paracolpi.

Pannolini usa e getta? Scatoloni di pannolini, mangiapannolini, sacchetti di ricambio, salviette umidificate, pasta per il cambio, crema per irritazioni, talco.

Pannolini lavabili? Cover impermeabili, inserti assorbenti, veline raccogli pupù, bidone di stoccaggio, detersivo ecologico, percarbonato, acido citrico, amido di riso.

Poi ci sono una serie di cose che sembra non si possa vivere senza, come il fasciatoio, il seggiolone, il trio, il marsupio, il box, la borsa per il cambio, il girello, la vaschetta, la calendula, la collana d'ambra...

E se poi si ammala? Tiracaccole, soluzione fisiologica, aerosol, termometro auricolare, macchina a infrarossi, olio 31.

Fummo subito presi dallo sconforto e dalla confusione.

«Ma quanta roba dobbiamo comprare?» disse papà esasperato.

«Non ne ho idea, ma servono davvero tutte 'ste cose?»

«Ma guarda qui, c'è uno scaffale solo per i termometri. Per le orecchie, per le ascelle, a ciuccio, digitali, di vetro, Bluetooth...»

«Credo sia a infrarossi.»

«Va be', sempre wi-fi è.»

«Andiamo a vedere le carrozzine, così partiamo da qualcosa», dissi dirigendomi verso il reparto. Papà mi seguii strisciando i piedi e facendo ciondolare le braccia.

Arrivammo in una corsia nella quale erano stati parcheggiati una trentina di calessi da spinta, tutti strutturati in complessi scheletri tubolari, dai più basic con linee semplici e ruote di plastica, ai monster truck con cerchi da 19" e cruise control.

«Be', di certo non ci manca la scelta», dissi io.

«Cos'è un trio?» chiese papà.

«Immagino qualcosa con tre elementi.»

«Tipo Aldo, Giovanni e Giacomo?»

«Tipo i Green Day.»

«Le Las Ketchup.»

«I Fichi d'india.»

«Quelli erano due.»

«Signori posso aiutarvi?» disse una commessa approfittando del nostro momento di debolezza.

«Ehm, sì. Ci spiega che cos'è un trio?» chiesi io.

Le si illuminarono gli occhi.

«Il trio è un sistema modulare che comprende un telaio e tre elementi intercambiabili che seguono la crescita del vostro bambino. Un trio è composto dalla navetta, che si utilizza nei primissimi giorni, l'ovetto, che si aggancia alla macchina e si sposta direttamente sul telaio, e infine il passeggino, da utilizzare quando il bambino sarà già in grado di stare seduto da solo. Volete che vi mostri qualcosa? Aspettate un maschietto o una femminuccia? È uno solo o sono gemelli? Avete già un altro figlio oppure questo è il primo? Quel è il vostro budget? Avete un'auto spaziosa?»

«Veramente noi non...»

«Vi mostro questo, guardate che meraviglia, c'è in color clementina, celeste pastello e lime, si chiude con una mano e ha un ampio portaoggetti sotto. Bello eh?»

«Sì, cari...»

«E invece quest'altro dell'Inglesina color sabbia con gli orsetti? Adorabile vero? È unisex ed è l'ideale se siete tipi cityline. Non lo siete? Siete più outdoor? Allora vi mostro questo super trek triruota con camera d'aria, ideale per gli sterrati e per affrontare marciapiedi sconnessi. Comodissimo, ha anche il sistema di frenata assistita e il differenziale. Ottocentonovantanove euro. Che ne dite? Eh?»

«Molto bello.»

«Sì, sì bellissimo! Qui invece abbiamo un bla bla bla...»

«Se ce ne andiamo adesso non se ne accorge neanche», mi sussurrò papà all'orecchio.

«Il fasciatoio lo avete già? Ne abbiamo tantissimi, tutti molto belli bla bla bla...»

«Guardi...»

«Bla bla vaschetta incorporata bla bla bla...»

«Sì, ma...»

«Bla bla triplo cassetto bla bla bla...»

«SENTA! Siamo venuti solo per dare un'occhiata, la ringrazio, se abbiamo bisogno la chiamiamo.»

«Sì, sì tranquilli, vi ho visti in difficoltà a sono venuta in vostro aiuto, so che scegliere la giusta attrezzatura è difficile se non si conosce l'ambiente.»

«Molto gentile, davvero, adesso però dobbiamo andare. Grazie per la disponibilità», dissi tirando papà per un braccio.

«Dove andiamo?» chiese lui mentre lo trascinavo fuori.

«Cammina veloce e non incrociare lo sguardo con nessuno. Torniamo a casa e compriamo tutto su Groupon.»

Il periodo magico durò ben poco: l'arrivo dell'ottavo mese si portò dietro il gonfiore ai piedi, la ritenzione idrica e le smagliature.

In quel periodo ci trasferimmo dall'appartamento di Moreno nella nuova casa e lasciai il lavoro, ormai troppo avanti con la gravidanza per continuare a fare i chilometri.

Finalmente trovammo il nome, andò più o meno così.

«Ti piace il nome Mya?»

«Sì.»

«Andata.»

Poi ci venne la splendida idea di organizzare una festa, un po' per inaugurare la casa ma soprattutto per festeggiare in anticipo l'arrivo di un nuovo membro della famiglia. Io e le nonne cucinammo per tre giorni e preparammo palloncini e festoni. Vennero sessanta persone. Alla fine di quella giornata avevo i piedi come Cordon Bleu e la casa ridotta come un cesso chimico. La cosa positiva fu che ci regalarono praticamente tutto, compreso il trio triruota con ABS e cambio Shimano, così ci tenemmo ben lontani da quei negozi con la parola «bimbo» nel nome.

Ero sempre più goffa e impedita nei movimenti, anche i più basilari, tipo scendere dalla macchina o fare le scale. Se per sbaglio mi cadeva qualcosa dalle mani ero fregata, iniziavo a sbracciarmi come una cimice caduta di schiena. Potevo scegliere di piegarmi in arabesque bilanciando il peso per evitare la capocciata contro il pavimento, oppure buttarmi in un plié rischiando però di non risalire più, o, meglio ancora, affinare le tecniche prensili del piede, rispolverando gli ormai sopiti istinti da primate.

Troppo incinta, troppo grossa e troppo estate, qualsiasi movimento mi faceva sudare e ansimare irreversibilmente.

Iniziavo a essere sempre più impaziente e ansiosa, soprattutto perché tu eri ancora in posizione podalica e non accennavi a girarti; avevi proprio lo scazzo, non ti muovevi mai. Un giorno dovetti andare al pronto soccorso perché non ti sentivo da tre giorni.

«Signora sua figlia è pigra», mi disse la ginecologa durante l'ecografia.

«Cioè?»

«Cioè *'n c'ha voja de fà 'ncasso.*»

«Temo sia genetico.»

«Dall'ultima volta che l'ho vista non si è minimamente sbattuta a muoversi di lì.»

«Quindi?»

«Quindi prenotiamo il cesareo.»

«No! Perché?»

«Perché è meglio avere la sala operatoria prenotata; se poi questa decide di mettersi come deve, bene, altrimenti le tocca fare il taglio cesareo.»

«Ma io non lo voglio fare il cesareo. Non può uscire in retro?»

«A lei piacerebbe venire al mondo di culo?»

«Dipende da chi c'è dietro ad aspettarmi.»

«Il parto podalico è possibile ma piuttosto rischioso. La scelta è sua, però si informi bene. Nel frattempo prenotiamo la sala, siamo sempre in tempo a toglierla dalla lista.»

Mi prenotarono il cesareo per il dodici agosto e le visite preoperatorie per la settimana precedente.

«Hai un mese di tempo per muoverti, bella», dissi uscendo dall'ospedale, «vedi di darti una mossa, sennò qui ci squartano.»

Nei giorni seguenti cercai informazioni sul parto podalico e mi documentai sui rischi, cercai di valutare in modo obiettivo quali fossero i pro e i contro. Avevo paura di partorire, sì, ma mai quanto di farmi aprire in due, farmi mescolare le budella e farmi richiudere come un saltimbocca per poi subirmi il catetere, le calze antitrombo, le stelline in brodo di antidolorifici e il bidet per conto terzi.

Trovai un articolo che spiegava una pratica consistente in una manovra per girare il bambino e aiutarlo a incanalarsi verso il collo dell'utero. Scoprii anche che la facevano in un ospedale non troppo distante da dove abitavamo. Ne parlai con la ginecologa il giorno in cui andai all'ospedale per gli esami preoperatori e mi scoraggiò subito, srotolandomi una lista di rischi e probabilità che la bambina tornasse alla posizione di partenza.

Trascorsi l'ultimo mese facendo un'ecografia alla settimana nella speranza di vederti girata bene, invece tu continuavi a startene nella stessa posizione senza muoverti di un millimetro. Alla fine mi rassegnai al mio destino e me ne feci una ragione: mi avrebbero aperta in due.

Il nono mese di gravidanza è qualcosa di indescrivibile: dormire sdraiata divenne impossibile, la tua testa mi schiacciava la parte alta del torace e non riuscivo a respirare, con i piedini facevi il pediluvio sulla mia vescica, bastava un dosso troppo veloce in macchina per pisciarmi sotto, quelli che inizialmente erano emozionanti sfarfallii al basso ventre divennero sessioni di spinning acquatico uterino, una rampa di scale era sufficiente per farmi ansimare come un carlino e le mie ghiandole sudoripare si evolsero in geyser. Per completare il quadro, iniziai ad avvertire delle contrazioni.

Chiamai la ginecologa e le spiegai cosa sentivo, dei sinistri dolori al basso ventre. Non erano molto forti ma la pancia mi diventava durissima, quindi mi fece andare in ambulatorio per fare un tracciato. Il tracciato è una specie di monitoraggio che si fa con una fascia intorno alla pancia collegata a un sismografo Mercalli e tenendo un tasto da detonatore in mano. Probabilmente li produce la Acme.

Mi imbragò come una rollata di vitello e mi diede in mano il tasto.

«Quando sente la bambina muoversi, schiacci il bottone.»

«Questo vuol dire che potrei anche restare qui due giorni.»

Si allontanò per qualche minuto e tornò con un Mars.

«Gli zuccheri potrebbero aiutarla a muoversi un po'», disse porgendomelo.

Ringraziai e lo mangiai subito. Coincidenza o no, iniziasti a muoverti dieci minuti dopo.

«Sembra tutto nella norma», disse la ginecologa dopo un'ora di monitoraggio, «quelle che sente sono le contrazioni di Braxton Hicks. Cerchi di stare a riposo, eviti gli sforzi;

se non l'ha già fatto prepari la valigia e la tenga a portata di mano, da qui in poi ogni momento potrebbe essere quello giusto.»

Tornai a casa con quattro tonnellate di ansia sulle spalle: se mi si fossero rotte le acque prima del dodici agosto, sarei dovuta correre in ospedale per un cesareo d'urgenza. Nel mio immaginario, dopo la rottura delle acque il collo dell'utero si sarebbe aperto come una botola e saresti venuta fuori di piedi come da uno scivolo tubolare.

Qualche ora dopo tornò papà dal lavoro.

«Com'è andata la visita?» mi chiese.

«Abbastanza bene, quelle che sento sono solo le contrazioni di Brad Pitt, niente di rilevante.»

«E quanto sono dolorose, in una scala da *Ti presento Joe Black* a *World War Z*?»

«Direi circa *Benjamin Button.*»

«Ti è andata bene che non hai le contrazioni di Vin Diesel.»

«O di Massimo Boldi.»

«Cos'è questo?» mi chiese prendendo in mano la lista che mi avevano dato in ospedale la mattina.

«È l'elenco di quello che devo fare e portare per il parto.»

«Cosa sono le mutande di rete?»

«Non ne ho idea.»

«Calze antitrombo? Secondo me bastano le mutande di rete per apparire antitrombo.»

«Dice anche di depilarsi totalmente i genitali, peccato che io non li veda da due mesi.»

«Anche io.»

Finalmente arrivò agosto. Le gambe sempre più gonfie, la pancia sempre più grossa, lo spazio nella vescica sempre più ridotto e il sonno sempre più arretrato. Ti muovevi poco, ma quando lo facevi erano dolori lancinanti, a volte avevo l'impressione che puntassi i piedi e spingessi verso l'alto. Inoltre da qualche tempo mi si erano presentati dei sintomi assurdi, ad esempio il bisogno di annusare solventi, vernici, smalti e officine, le botte improvvise di caldo e l'impellente desiderio di mangiare le tabs Finish per la lavastoviglie. Davvero questa era la peggiore, scartavo la pastiglia e mi assaliva un'irrefrenabile voglia di masticarla. Papà le nascose per paura che prima o poi l'avrei fatto veramente, quindi ebbe un colpo di genio e mi comprò le Galatine, che hanno la stessa consistenza di polvere pressata, così iniziai a masticare Galatine tutto il giorno.

Il caldo divenne soffocante, stare in piedi sempre più faticoso, e per alzarmi dal letto dovevo rotolare e scivolare giù lungo il bordo con la schiena. A quel punto della gravidanza mi scoprii una fedele politeista, viste le molteplici divinità che pregavo di far passare il tempo più in fretta.

Come se non bastasse, le guarnizioni delle mie tette giganti cedettero e iniziai a gocciolare liquido appiccicoso.

«Guarda che stai perdendo la resina», mi disse una sera il tuo papà notando le macchie sulla maglietta.

«Lo so, continuano a gocciolare.»

«Sicuramente non tengono più la pressione, se vuoi ti cambio gli ugelli.»

«Ti sembro un boiler?»

«Più una caldaia a condensazione. Magari qui da qualche parte hai un rubinetto generale», disse girandomi intorno.

«Moreno, ma che fai?»

«Magari è solo il flussostato.»

Risi così convulsamente che per poco non me la feci addosso.

Papà fu di rilevante importanza per me in quelle due terribili settimane: mi aiutava a lavarmi, mi tagliava le unghie dei piedi, faceva leva per tirarmi su dal divano, mi massaggiava la schiena tutte le sere. È nei momenti peggiori che si riconoscono le persone migliori, può sembrare una frase fatta, ma immagina un uomo che si innamora di una giovane donna nel fiore della sua bellezza. Una donna felice, che porta orgogliosa un corpo da ragazzina, appena sfociata nel regno dell'indipendenza e quindi satura di quella sicurezza da adulta anche se dentro ai pantaloni da adolescente, una donna bella, bella perché cammina per strada con il mondo in tasca, nel periodo più bello della sua vita, una donna che intimorisce, perché ha appuntati sul viso due occhi famelici e un sorriso generoso. Immagina questa donna cambiare sotto lo sguardo di quest'uomo, che l'ha amata per quello che era mentre adesso lei è la brutta copia di sé stessa. È ingrassata, si è ingoffata, ha il viso stanco e due culle violacee abbracciano i suoi occhi, la sua pelle è imperfetta e porta vestiti comodi e sciatti. Agli occhi di quell'uomo, lei continua a essere ancora la meraviglia di cui si era innamorato, anzi, forse la ama ancora di più, come se tra gli occhi di lui e quelli di lei ci fosse un filtro.

Quell'uomo per me è stato papà, che anche nel momento in cui sono stata brutta e trasandata come non mai, mi ha vezzeggiata e coccolata con gli stessi occhi di tre anni prima.

Trascorsi quegli ultimi giorni infernali con il suo aiuto come se fossi una disabile con estrema necessità di assistenza. Uscivo solo per andare in piscina, perché stare dentro l'acqua mi aiutava ad alleggerire il peso e a placare il caldo.

Papà prese tre settimane di ferie a partire dall'undici agosto, il giorno prima dell'operazione, e trascorremmo quella giornata a sguazzare nell'acqua. Il nostro unico giorno di vacanza, in quanto avevamo dovuto rinunciare al mare a causa del parto imminente.

«Quindi da domani saremo genitori?» disse mentre facevamo il bagno in piscina.

«Così dicono ai piani alti.»

«Ma tu lo sai come si fa il genitore?»

«No. Dovrei, vero?»

«Io neanche. Improvviseremo.»

«Da piccola montavo le sorprese dell'ovetto Kinder senza guardare le istruzioni.»

«È una competenza indispensabile per la crescita di un figlio. Hai delle referenze?»

«Non esiste un manuale? Tipo *Genitori for dummies*?»

«Possiamo guardare su Amazon. Magari con le immagini, tipo istruzioni per il montaggio di uno scaffale Ikea.»

«Non so se è un buon momento per confessarlo, ma io non sono stata neanche in grado di dare il giusto sostentamento a un criceto. È morto inspiegabilmente dopo un anno dal suo arrivo in casa mia.»

«Il mio un giorno ha tentato la fuga e l'ho trovato per le scale. Abitavo al sesto piano.»

«Saremo dei pessimi genitori, vero?»

«Ce la metteremo tutta. Adesso andiamo a casa e godiamoci la nostra ultima nottata in silenzio.»

Cenammo presto e guardammo una puntata di *Prison Break*. Alle dieci e mezza eravamo già a letto, coperti da un lenzuolo azzurro e una pesante coltre di incognite.

Ci svegliammo presto e andammo all'ospedale con calma. Io ero digiuna di cibo e acqua dalla sera precedente e lo stomaco mi borbottava come una caffettiera, non si sa se per la fame o per l'ansia.

Due giorni prima avevo fatto l'ennesima ecografia con la speranza di vederti finalmente a testa in giù, ma ovviamente eri sempre stravaccata sulla tua chaise-longue con il mio stomaco come cuscino. Ci sperai fino all'ultimo, ma alla fine mi rassegnai all'evidenza e me ne feci una ragione. Ciò non toglie che arrivai all'ospedale inquieta e panicante.

Mi assegnarono una stanza e mi fecero mettere una vestaglia, poi ci fecero aspettare in camera per più di un'ora. Nel frattempo l'angoscia mi avvolse come un boa.

Verso le nove arrivò un'infermiera che mi accompagnò nella stanza delle visite, dentro c'era la ginecologa che mi avrebbe operata. Una stronza a turbina.

«Buongiorno, lei è la signora Giada Sundas, giusto?»

«Esatto.»

Mi fece alcune domande di routine e poi mi fece sedere sulla poltrona dell'ecografo.

«Verifichiamo solo dove si trova il bambino per regolarci meglio con il taglio», disse mentre mi imbrattava di gel.

L'ecografia fu piuttosto breve, perché non appena appoggiò il manipolo sulla pancia fece una faccia preoccupata.

"È morta", fu il mio primo pensiero.

Rimise al suo posto il manipolo e andò verso la scrivania,

raccattò i fogli dalla mia cartella clinica e ci fece scorrere velocemente gli occhi sopra.

"Che sta succedendo?"

Si avvicinò con un foglio in mano.

«Ci sono problemi?» chiesi con la voce tremante.

«Mi ricorda solo il motivo per il quale fa il cesareo?» chiese riprendendo in mano il manipolo e continuando l'ecografia.

«Posizione podalica.»

«Mmm...»

«Perché? Posso sapere che sta succedendo?»

Lei girò lo schermo dell'ecografo verso di me e con il dito indicò un punto.

«La testa della bambina si trova qui.»

«Qui dove?»

«Qui sotto, incanalata verso il collo dell'utero.»

«Mi prende in giro?»

«Non ne vedo il motivo.»

«Non è possibile.»

«Quando ha fatto l'ultima ecografia?»

«Due giorni fa.»

«Be', si vede che ci ha ripensato. Che vuole fare? La sala operatoria è pronta, a questo punto andiamo lo stesso?»

Mi vennero in mente tante cose da dire, la più pressante era COL CAZZO accompagnata dal gesto dell'ombrello, ma mi trattenni e mi limitai a rifiutare dicendo che avrei preferito aspettare. Lei fu piuttosto contenta della mia decisione, uscì dallo studio più rilassata di prima.

Mi rivestii e uscii in corridoio, davanti alla porta c'era papà ad aspettarmi.

«Che succede?» chiese.

«Torniamo a casa, la bambina si è girata.»

Mi pentii di non aver accettato il cesareo non appena arrivammo a casa. Come varcai la soglia, mi prese un enorme senso di sconforto. Avevo immaginato che la volta successiva in cui avrei messo piede lì dentro sarebbe stata con te in braccio. Invece rieccomi punto e a capo: eccessivamente incinta e senza più voglia di esserlo.

Iniziarono a passarmi per la testa pensieri scomodi, credo gli stessi che affollano la testa di una qualsiasi donna in procinto di sgravare.

"Questa sicuro se ne sta qui un altro mese."

"Finirà che mi indurranno il parto."

"Sarà grossa come una coscia di speck."

"Farò un travaglio lungo come la coda all'Expo."

"Mi aprirò in due e dovranno rammendarmi a punto croce."

"Me la tireranno fuori con il calzascarpe."

"Scommetto che mi faranno la manovra di Kristina D'Avena."

Trascorsi la giornata di pessimo umore, rinchiusa in un bozzolo di sconforto e rabbia. Al mio stato labile si aggiunse la valanga di messaggi e telefonate di amici e parenti ansiosi di sapere se la bambina fosse nata. Da lì in poi il mio telefono suonò senza sosta ogni giorno e si riempì di messaggi tutti uguali.

Colgo l'occasione per mandare io un messaggio al mondo intero: signori, se una vostra familiare o una vostra amica si trova nel difficile periodo della fine della gravidanza, lasciatela in pace. Se siete così in confidenza da poter porgere questa domanda, non pensate che, se la suddetta avesse partorito, l'avreste saputo?

Basta «quando nasce?», perché non lo sa.

Basta «ancora niente?», perché non è esattamente un niente quello che sta passando.

Basta «fai le scale su e giù», perché un Barbapapà di ottanta chili non ha nessuna voglia di scalare il Redipuglia.

Basta «io sono arrivata giusta alla scadenza», perché lo farebbe volentieri fare a te il bambino visto che sei così brava.

Basta «devi guardare le fasi lunari», non sei Paolo Fox.

Una donna in procinto di partorire desidera solo stare in pace a godersi gli ultimi momenti senza pensare al parto, che a quel punto diventa un pensiero ingombrante; come credete si possa sentire se qualcuno glielo ricorda incessantemente?

Io trascorsi i miei ultimi giorni da gravida senza rispondere al telefono. Lo feci per la mia salute mentale.

Il giorno seguente all'ecografia restai tutto il giorno pigramente arenata sul divano, perfettamente consapevole che se avessi voluto partorire presto avrei dovuto muovermi, ma anche abbastanza furba da sfruttare la mia ultima occasione per la corretta applicazione dell'ozio spensierato.

Com'era ormai consuetudine, andai in bagno a cadenza regolare di un'ora.

«Perché non ti metti il Tena Pants? Così non ci pensi più», disse papà vedendomi andare verso il bagno per l'ennesima volta.

«Sì, ridi ridi, che quando avrai settant'anni e la prostata alla coque riderò io.»

Feci la trentesima pipì della giornata e quando mi pulii con la carta percepii qualcosa di strano. Mi ci volle qualche secondo per capire. Lì, sulla carta, c'era un disgustoso ammasso gelatinoso: avevo perso il tappo.

Mi lavai e tornai in salotto, papà era sul divano e guardava quel programma in cui ci sono i pescatori che prendono i tonni.

«Moreno, devo dirti una cosa.»

«Che succede?»

«Però cerca di non agitarti, va bene?»

«GIADA CHE SUCCEDE?»

«Ho perso il tappo.»

Fece una faccia scocciata e alzò gli occhi al cielo. «E dove è andato adesso 'sto tappo? Te lo dico sempre di richiuderlo che poi va a finire che si secca.»

«Ma di cosa stai parlando?»

«Del dentifricio.»

«Macché dentifricio, Moreno, ho perso il tappo mucoso del collo dell'utero.»

«E che ci facevi con un tappo nel collo dell'utero, scusa?»

«Si forma da solo per tenerlo chiuso, poi si stacca quando si è vicini al parto.»

«E adesso che succede? Una volta che non c'è più il tappo, esce fuori la bambina?»

«Non credo sarà una cosa tanto immediata, potrebbe volerci anche una settimana, ma siccome la scadenza è tra due giorni, questo è un buon segno.»

«Oddio, quindi la bambina potrebbe venire fuori da un momento all'altro?»

«Penso che me ne accorgerò, quando sarà ora.»

«Ma adesso che non c'è più il coperchio, magari sguscia fuori al primo colpo di tosse.»

«Magari fosse così facile.»

«Non spingere troppo quando fai la cacca, ancora poi la ritroviamo appiccicata al Fresh Discs.»

Il giorno di Ferragosto coincideva con la scadenza delle quaranta settimane. Il mondo intero era in vacanza, c'era un caldo schifoso e la schiena mi faceva così male che non riuscivo a fare più di dieci passi consecutivamente. Pranzammo a casa dei parenti rimasti in città per lavoro, non ero in grado né in vena di allontanarmi troppo da casa.

Quel giorno iniziai a sentire dei dolori al basso ventre, simili ai dolori mestruali. La cosa non mi preoccupò minimamente, ormai ero alla fine, tutto rientrava nella normale amministrazione. Papà non era dello stesso avviso, si fece prendere dall'ansia e iniziò a chiedermi se non fosse il caso di andare all'ospedale. Lo minacciai di morte se avesse anche solo provato a dirlo a qualcuno.

Chiamai l'ospedale e fissai un tracciato per la mattina seguente. Per il resto della giornata e della nottata non sentii niente. Papà si rifiutò pure di mettere la macchina in garage per poter essere più celere nel percorso in caso di necessità.

La mattina successiva cominciò a chiedermi, a cadenza costante di sette minuti: «che ti senti?», «stai male?», «pensi sia ora?». Mi mise fretta e mi incitò a prepararmi velocemente; il risultato fu che arrivammo all'ospedale con ampio anticipo. Non appena varcammo la soglia rilasciò il respiro che tratteneva da ventiquattro ore: il fatto di essere in territorio medicalizzato lo rilassò visibilmente.

«Moreno vuoi stare un po' tranquillo?» gli dissi mentre salivamo in ascensore.

«Guarda che sono tranquillissimo.»

«No, non lo sei, e stai mettendo agitazione anche a me.»

«È che sto in pensiero. Se muori durante il parto?»

«Grazie eh! Questa era l'unica cosa alla quale non avevo pensato.»

«Ho letto su internet che le morti per parto avvengono ancora adesso, circa cinquanta all'anno. Muore più gente partorendo che cadendo nei tombini.»

«Io da bambina una volta sono caduta in un tombino. La griglia era rotta e mi cedette sotto i piedi.»

«Hai visto? È un segno del destino.»

«Però non sono morta.»

«Perché il tristo mietitore avrà detto: "Massì poverella, a 'sto giro la lascio andare, la stronco poi tra vent'anni con il parto".»

«Non so cosa tu stia cercando di fare, ma non sta funzionando.»

«E se la scambiano con un'altra bambina?»

«Impossibile, al giorno d'oggi i bambini stanno in camera con la mamma.»

«Per sicurezza facciamole un segno da qualche parte.»

«Idea geniale. Hai portato l'Uniposca?»

«No, però in macchina c'è una Replay rossa.»

«Ma va', quella si cancella! Facciamole il trasferello dei Polaretti.»

«Grande! Così sarà la più giusta della nursery. Facciamoglielo in faccia come Tyson.»

«Così se qualche bambino vuole rubarle il ciuccio, lei gli stacca l'orecchio con le gengive.»

Chiacchierando arrivammo al reparto e ci sedemmo in sala d'attesa. Non passò molto prima che ci chiamassero.

Un'infermiera con corti capelli biondi ci accompagnò in una stanza dove era già seduta una coppia. Lei doveva essere a termine come me.

L'infermiera posizionò la macchina del tracciato per entrambe e ci diede le istruzioni per il corretto utilizzo. Io continuavo ad avere quei dolori al basso ventre come il giorno precedente. Ogni volta che ne sentivo uno, la macchina segnava intensità venti percento; l'altra ragazza aveva picchi di trenta-trentasei percento ma non sentiva nulla.

Dopo mezz'ora tornò la stessa infermiera per controllare come procedeva.

«La mia non si è ancora mossa», dissi.

Lei per tutta risposta si avvicinò e mi prese a mazzate la pancia, poi mise una mano sul lato destro, una su quello sinistro e me la scosse forte.

«Vediamo che fa adesso», disse uscendo dalla stanza.

«Eh, che vuoi che faccia, ci hai fatto uno smoothie. Me l'hai sgasata.»

Non ricordo quanto tempo passai in quella stanza con quella imbragatura avvolta intorno (papà mi fece anche una foto) ma quando l'infermiera bionda tornò per togliermela le dissi che io già sentivo qualche doloretto. Lei controllò il tracciato e mi rise in faccia.

«Queste sono contrazioni di preparazione, non è niente. L'intensità delle vere contrazioni arriva al cento, anche al centoventi percento. Non significano nulla, l'utero si sta solo preparando al parto. Potrebbe volerci anche una settimana.»

«Immagino abbia ottenuto il massimo dei voti al corso di empatia.»

«Cara mia, questa è la verità, è meglio essere preparati. Lo avresti dovuto sapere che partorire fa male, sennò avresti dovuto tenere le cosce chiuse», disse con tono di sbeffeggio uscendo dalla stanza.

«Dev'essere stata durissima trovare il giusto team di stronze patologiche da inserire in questo ospedale», dissi a papà mentre mi ricomponevo.

«Questa l'avrei vista bene a friggere anelli di cipolla alla kebabberia di via Regis.»

«Scherzi? Anche le baklave hanno dei sentimenti, non hanno bisogno di sentirsi dire di tenere chiusi i pistacchi.»

Uscimmo dall'ospedale e andammo a casa, avevamo previsto di andare in piscina ma il tempo non era dei migliori e cambiammo programma.

La giornata passò lenta e oziosa, le parole dell'infermiera mi restarono impresse per tutto il giorno. Se quelle erano solo contrazioni di preparazione, come sarebbero state quelle vere? Ce l'avrei fatta? Sarebbe stato davvero così terribile come lo descrivevano?

L'ultimo periodo della gravidanza fa scattare nelle altre donne già mamme l'estrema necessità di raccontare il loro parto, senza tralasciare i dettagli più splatter. Credo ci godano anche un po', una sorta di bullismo gestazionale per sottolineare la magnificenza di quelle che ci sono già passate.

Quando sei incinta e vedi una donna con un neonato in braccio, ti senti un po' come quando i tuoi compagni di scuola hanno già fatto l'orale della maturità e tu sei l'ultimo della lista.

Come tutti i sabati preparai la pasta all'arrabbiata, la mia preferita, ma non riuscii a mangiarne più di un paio di forchettate. Sembrava che il mio stomaco si fosse stretto, come se avessi un laccio intorno a impedire al cibo di passare. Mi venne invece una gran sete e bevvi tantissimo.

Il pomeriggio fu un continuo viavai tra il divano e il bagno, e quelle fastidiose contrazioni non mi abbandonarono mai. Non erano dolorose, ma neanche solletico.

«Giada, perché non andiamo all'ospedale?» mi chiese papà dopo cena.

«A fare cosa?»

«Così, a farci controllare il colesterolo.»

«Non ho nessuna intenzione di andare all'ospedale, tanto lo so già che mi rimandano a casa.»

«Male che vada torniamo indietro, ma almeno ci siamo tolti il pensiero.»

«Qui l'unico che ha il pensiero sei tu. Quando sarà ora di andare all'ospedale, fidati che te lo chiederò a gran voce.»

«Secondo me non è normale che tu abbia le contrazioni.»

«Non sono vere e proprie contrazioni, ce l'hanno detto stamattina.»

«E se si fosse sbagliata?»

«Dai, Moreno, stai tranquillo. Non è ancora ora, sto bene, se fossi in travaglio me ne accorgerei, questi sono doloretti ancora molto blandi.»

Sembrò mettersi il cuore in pace e non ci pensò più, guardammo la televisione fino a tardi e andammo a letto a mezzanotte passata. Mi addormentai pochi minuti dopo essermi coricata, ma una contrazione mi svegliò e mi costrinse a cambiare posizione. Ripiombai velocemente nel sonno profondo e iniziai a sognare qualcosa. Dapprima il sogno era piacevole, poi si tramutò in un incubo quando un uomo mi accoltellò alla pancia. Mi svegliai di soprassalto e subito mi accorsi che la coltellata in realtà era un'altra contrazione. Papà era ancora sveglio e mi stava guardando.

«Andiamo all'ospedale.»

«No.»

«Per favore, andiamo all'ospedale.»

«Moreno, è quasi l'una, ho sonno. Adesso dormiamo, se domani mattina le ho ancora, andiamo all'ospedale.» Il mio tono era scocciato, come se mi stesse facendo un torto.

«E se domani fosse troppo tardi?»

«Troppo tardi per cosa? Adesso basta, lasciami dormire.» Questa volta alzai leggermente la voce.

«Non sto tranquillo pensando che potrebbe nascere la bambina e noi ce ne stiamo a letto.»

Scostai le lenzuola con uno scatto e balzai fuori dal letto. «DAI! ANDIAMO A 'STO CAZZO DI OSPEDALE, COSÌ CI RIMANDANO A CASA E MI LASCI DORMIRE!»

Si alzò subito e in pochi minuti era pronto davanti alla porta, io mi feci una doccia e mi vestii con calma. Ero nervosa e molto irritata.

«Prendo un sacco nero da mettere sul sedile della macchina?» mi domandò non appena lo raggiunsi.

«Per cosa esattamente?»

«Sai, nel caso dovesse aprirsi la diga.»

«Stai scherzando vero?» Nei miei occhi dev'essere passato quel luccichio dell'Uomo Tigre quando sta per fare la mossa fatale, perché lui restò in silenzio. «Vediamo solo di muoverci, che io non ho nessuna voglia di stare lì tutta la notte.»

Il tragitto da casa all'ospedale non è molto lungo, circa venti minuti in auto, io li feci con il muso e le braccia conserte, e a un certo punto mi addormentai con la faccia spalmata sul finestrino.

Immagina l'entusiasmo di una donna al nono mese di gravidanza, incapace pure di pulirsi quando va al bagno, che viene strappata alle lenzuola per andare a farsi pacioccare le cavità. All'una di notte.

Quando aprii gli occhi riconobbi alcuni edifici e il mio cervello mi trasmise subito la geolocalizzazione: eravamo quasi arrivati.

Davanti all'ospedale, proprio accanto al vialetto d'ingresso, c'era un parcheggio bello comodo e pronto per noi.

Papà lo guardò e tirò dritto.
«Moreno che problemi hai? Perché non ti sei messo lì?»
«Era un po' strettino, magari poi me la toccano.»
L'occhio iniziò a tremarmi, una vena si scolpì sulla mia tempia e divenni Roberto, il baffo delle televendite.
«SONO UN BIDONE DI OTTANTA CHILI (inspiro asmatico) NON ME NE FREGA NIENTE DELLA MACCHINA (inspiro asmatico) TORNA INDIETRO E PARCHEGGIATI IN QUEL POSTO MERDOSO (inspiro asmatico).»
«Va bene, faccio il giro della rotonda.»
«MA QUALE GIRO DELLA ROTONDA (inspiro asmatico) È L'UNA DI NOTTE DEL SEDICI AGOSTO (inspiro asmatico) NON VEDI CHE NON C'È UN CANE (inspiro asmatico) FAI RETRO E INFILATI IN QUEL PARCHEGGIO SCHIFOSO.»
«Eh, ormai sono qui. Faccio il giro, tanto figurati se arriva qualcuno proprio ora.»
Implosi in un silenzio nevrotico.
Fece il giro della rotonda e ripercorse la strada a ritroso. Lì, sulla sinistra, c'era ancora il nostro parcheggio libero, a tre metri dal semaforo rosso davanti al quale eravamo fermi, indispensabile per regolare l'incrocio che nessuno attraversò.
Scattò il verde e il gesto frizioneprimaacceleratore diede il tempo a un'auto che arrivava dalla direzione opposta di infilarsi nel nostro parcheggio.
Strinsi i denti così forte da farmi male alla mandibola. Non ero mai stata più furiosa. Appoggiai il gomito destro sul bordo della portiera nel punto in cui inizia il finestrino e mi coprii gli occhi con la mano in un gesto di disperazione. Non dissi nulla e papà fu abbastanza perspicace da fare lo stesso.
Fece un altro paio di giri del quartiere fino a quando non trovò un posto.
«Qui va bene?» chiese.
Lo uccisi con le iridi.

«Lo prendo come un sì.»

Parcheggiò l'auto controllando che fosse esattamente equidistante da quelle che ci circondavano, scese e venne ad aprirmi lo sportello, poi mi aiutò a uscire. Eravamo almeno a duecento metri dall'ospedale.

Mi incamminai goffamente verso l'ingresso senza guardarmi indietro; giunta a quel punto della gravidanza camminavo come un compasso, se fossi uscita dalla matita di Hanna & Barbera il mio passo sarebbe stato accompagnato dal suono di un basso tuba.

«Il borsone lo prendo?» sentii alle mie spalle.

Mantenni il corpo saldamente ancorato all'asfalto e girai solo la testa, come un gufo. Papà era dietro la macchina con il baule aperto, dentro si vedeva la valigia che avevo preparato per il parto e che tenevamo lì per sicurezza.

«Secondo te, Moreno?»

«Sì?»

«NO! NON MI SERVE! TRA POCO TORNIAMO A CASA!»

Richiuse il baule e mi raggiunse a passo svelto, io nel frattempo avevo ripreso il cammino di Santiago.

Varcammo la soglia del pronto soccorso all'una e mezza di notte. Nella sala, seduti l'uno accanto all'altra sulle seggioline blu di plastica, c'erano un uomo e una donna.

«Uh che bel pancione! Quanto manca?» chiese lei.

In quel momento – complice la camminata – arrivò una contrazione fortissima che mi fece piegare in due. Come risposta alla domanda fu sufficiente.

La donna scattò in piedi e suonò il campanello del triage. In pochi secondi la porta si aprì e si affacciò un'impiegata del cui aspetto non ricordo nulla.

«Prego, avanti», disse.

Mi fece accomodare su una sedia accanto a un PC, poi si sedette e rivolse lo sguardo verso di me.

«Allora, ditemi tutto. Come mai siete qui?»

«Eh, lo chieda a lui», risposi facendo un cenno con la testa verso papà.

«Ha le contrazioni», intervenne subito lui.

«Di quante settimane è?» domandò lei pigiando i tasti sulla tastiera.

«Quaranta», dissi.

«Quaranta giuste giuste?»

«Quaranta settimane e un giorno. La scadenza era ieri.»

«Ieri sedici agosto?»

Sbuffai sonoramente, ero al limite. «Ieri era il quindici agosto.»

«No, è già passata la mezzanotte. Oggi è il diciassette, ieri era il sedici.»

«VA BENE! ALLORA QUARANTA SETTIMANE E DUE GIORNI!»

«E ogni quanto ha le contrazioni?»

«Non sono regolari, non abbiamo contato quanto tempo passa da una all'altra, ma a volte non sento nulla per mezz'ora e a volte ne arrivano due a distanza di pochi minuti.»

Si voltò dalla parte opposta e chiamò qualcuno. Dal corridoio fece capolino una giovane infermiera dai capelli scuri.

«Vai a prendere una barella e accompagna la signora Sundas al terzo piano», le disse.

«Barella? Non ho bisogno di una barella, non sto male.» intervenni prima che l'infermiera andasse a prenderla.

«La prassi ce lo impone, non può andare a piedi.»

«Per favore, non mi faccia andare su una barella come una malata, sono perfettamente in grado di salire da sola.»

«Non posso, almeno una sedia a rotelle.»

«Va bene», dissi soddisfatta di quella piccola conquista, «vada per la sedia a rotelle.»

L'infermiera sparì nel corridoio e ricomparve poco dopo con la sua prassi-mobile, mi fece sedere e iniziò a spingermi per l'atrio dell'ospedale.

«Allora, come lo chiamiamo questo bimbo?» chiese cortese.

«Bimba», dissi, «Si chiamerà Mya.»

«Che bel nome!» nella sua voce era palese la fatica che stava facendo per spingermi. A ogni curva la sedia prendeva il sopravvento su di lei come un carrello della spesa colmo di casse di Brio Blu.

«Moreno, non è meglio se mi spingi tu? Poverina, le sta uscendo l'ernia.»

«Ma no, tranquilla», disse lei, «ce la faccio», e le partì un embolo.

Si sforzò di spingere e conversare con nonchalance, ma riuscivo a sentire le sue emorroidi scoppiare come pluriball. Pregai di arrivare in fretta per mettere fine a quella tortura.

Ci lasciò fuori dal reparto e ci salutò calorosamente facendoci gli auguri per il lieto evento, io la ringraziai di cuore con un velo di senso di colpa. Se avessi mangiato meno pastasciutta le avrei risparmiato l'acido lattico.

Entrati nel reparto fummo accompagnati nella sala visite, lì ci accolse una ginecologa mai vista prima.

Mi fece alcune domande di routine, poi mi invitò a spostarmi sul lettino. Papà ci seguì e rimase in disparte.

La dottoressa controllò il tuo battito e mi visitò. La visita fu celere ma accurata. Quando finì non disse nulla e restando impassibile si tolse i guanti, estrasse il telefono del reparto dal taschino del camice e se lo portò all'orecchio.

«Mi prepari la sala parto? Sì, Sundas. Otto centimetri», disse.

Alzai di scatto la testa e guardai papà, lui aveva un sopracciglio alzato e uno abbassato in un'espressione interrogativa.

Parlava di me?

«Che succede?» le domandai non appena chiuse la conversazione.

«Il collo dell'utero è dilatato di otto centimetri, quasi nove in realtà. Tra poco l'ostetrica la verrà a prendere. Ha portato la valigia?»

Rimasi frastornata.

Stavo per partorire?

Ma veramente?

Ma scherziamo?

Ma come era successo?

Ma otto centimetri?

Ma io?

Ma dai?

«Ha portato la valigia?» ripeté lei.

«Eh? Sì. Cioè no. È in macchina.»

«Allora mandiamo suo marito a prenderla», disse girandosi verso di lui.

Papà rispose affermativamente e sparì dalla stanza, non prima di avermi guardato con il "telavevodetto".

Poco dopo arrivò una donna sulla cinquantina, non riesco a visualizzare il suo aspetto, però ho impresso nella mente il tono caldo della sua voce e il suo fare rassicurante. Tutt'oggi mi pento di non averle chiesto il nome per poterlo cucire a macchina tra i miei ricordi più belli.

Mi accompagnò in una stanza, quella che sarebbe poi stata la stanza del mio ricovero, mi fece coricare sul letto e mi attaccò di nuovo alla macchina del monitoraggio. Alla mia destra c'era un altro letto occupato da una giovane ragazza dell'Est che in quel momento rivolgeva la sua attenzione al piccolo schermo del suo cellulare. Accanto a lei una culla bianca ospitava un minuscolo corpo letargico.

Mi sentii un'intrusa, come se fossi arrivata lì a disturbare il loro puerperale ecosistema.

Qualche minuto dopo mi raggiunse papà con il borsone e si sedette accanto a me. Scambiammo poche parole per non disturbare le mamme che riposavano nel reparto.

Ero stanchissima e desideravo solo girarmi su un fianco, chiudere gli occhi e ripensarci poi l'indomani con calma, invece, a quanto pareva, ero in travaglio.

"Pensavo peggio 'sto travaglio però, chissà perché la fanno tanto tragica."

Quaranta minuti dopo arrivò l'ostetrica e mi liberò dalla trappola.

«Come ti senti?» mi chiese a bassa voce.

«Bene, ma ho sonno. Non possiamo rimandare a domani?»

«Magari», disse ridendo, «anch'io andrei volentieri a letto, invece mi fai lavorare.»

«Massì, che fretta c'è. Ho aspettato nove mesi, giorno più giorno meno non mi cambia niente.»

«Dai, mettiti la vestaglia, le ciabatte e andiamo in sala parto.»

«Mi scappa la cacca.»

«Ma come, adesso?»

«Sì.»

«E va bene, torno a prenderti tra cinque minuti.»

Uscì dalla stanza e io andai in bagno. Quando tornò ero ancora lì.

«Sua moglie?» sentii che chiese a papà.

«È ancora in bagno», rispose lui.

«Ancora? Le dica di sbrigarsi, con il collo dell'utero così dilatato dovrebbe già essere in sala parto.»

Lui non rispose, probabilmente era già uscita dalla stanza.

Per ragioni oscure la cosa si fece piuttosto lunga, come se il mio corpo mi stesse dicendo "facciamola tutta qui che non si sa mai che cosa succede di là". In base alle esperienze che sentii poi, dico che è stata una mossa vincente.

L'ostetrica tornò per la seconda volta.

«Ancora niente», disse papà.

Lei bussò alla porta del bagno.

«Sì?» dissi.

«Tesoro dovresti partorire, puoi fare più in fretta?» mi chiese gentile.

Mi lavai e indossai la vestaglia. Quando uscii dal bagno trovai papà che mi aspettava in piedi accanto a lei, in mano teneva un body, una tutina rosa e una cuffietta bianca con le stelline.

Seguimmo l'ostetrica attraverso i corridoi del reparto. Dalle stanze provenivano flebili vagiti e intermittenti *ssshhh*.

"Ma cosa ci faccio qui?" pensai. "Io non c'entro niente con tutto questo, che cosa mi è saltato in testa?"

Attraversammo una grossa porta blindata e, non appena si richiuse alle nostre spalle, tutti quei suoni si zittirono. Come se il posto in cui mi trovavo fosse costruito per schermare lo scorrere del mondo là fuori e intrappolare le urla dentro, evitando che la loro energia si disperdesse laddove non era necessaria.

Mi sentii al sicuro e in trappola contemporaneamente.

Toccava a me: non sarei uscita di lì senza aver consumato la mia sofferenza, non potevo più tornare indietro, non avevo più tempo per pensarci un attimo, non c'era nessuna via di fuga.

Non mi sfiorò mai, nemmeno per un attimo, il felice pensiero del "sto per abbracciare la mia bambina", piuttosto nel mio cranio rimbalzò all'impazzata: STAI PER SOFFRIRE COME UN CANE, STAI PER SOFFRIRE COME UN CANE, STAI PER SOFFRIRE COME UN CANE...

Desiderai con tutta me stessa tornare indietro di nove mesi e dire "stasera no, ho mal di testa".

Ci fermammo in uno stanzino e l'ostetrica porse a papà quei sacchettini di plastica con l'elastico che si indossano sopra le scarpe per non portare all'interno lo sporco della strada. Lui rimase immobile per un attimo insicuro sul da farsi; nella sua testa balenò l'immagine di suo padre, vent'anni prima, che dinanzi alla stessa identica scena prese il calzare e se lo mise in testa.

«Lo devo mettere ai piedi, non in testa, giusto?» domandò per togliersi ogni dubbio.

«Sì,» rispose lei, «non mi sembra tu abbia due teste.»

Indossò velocemente i calzari di plastica e continuammo a percorrere il corridoio fino alla sala parto. Tutte le porte erano aperte e l'unico rumore che disturbava il silenzio era il ritmico ciabattare dei nostri passi sul pavimento. Ero l'unica, non c'erano altre partorienti.

Varcai l'uscio della sala parto alle due e mezza di notte e mi fermai a pochi passi dall'entrata. Dentro c'era una giovanissima infermiera minuta e bionda con un sorriso più grande del viso che lo ospitava.

«Ma non dobbiamo prima andare in sala travaglio?» domandai.

«Macché sala travaglio, il travaglio l'hai già fatto», rispose l'ostetrica senza togliere la sua attenzione da alcuni attrezzi ereditati dalle colleghe dell'Inquisizione spagnola.

«Va be', allora facciamo una roba veloce e andiamocene tutti a dormire», dissi buttandomi sul lettino.

«Hai fatto il piano del parto?» mi domandò la biondina tutta denti.

"Merda, il piano del parto!"

Avevo stilato un meraviglioso piano per il mio parto, l'avevo studiato nei minimi dettagli e avevo pensato a tutto senza tralasciare alcuna possibilità, avevo anche deciso di esporlo a chi mi avrebbe seguita in modo piuttosto nazi con la bacchetta e la lavagnetta bianca, riportando esempi e statistiche. Se fosse stato necessario avrei anche fatto partire una conference call con l'università Ludwig Maximilian di Monaco di Baviera per un confronto sulle procedure. Alla fine avrei chiesto se ci fossero domande e avrei consegnato un test con venti quesiti a risposta aperta, se il risultato non fosse stato soddisfacente, avrei richiesto un altro team per il parto.

Ovviamente lo avevo lasciato a casa.

«Sì, l'ho fatto, però non l'ho portato.»

«Allora dimmi a voce quali sarebbero le tue scelte per questo momento.»

«Allora, innanzitutto vorrei che non mi rompeste le acque, preferisco esplodere come un gavettone; poi vorrei che non ci fossero troppe persone qua dentro, non vorrei avere l'impressione di partorire a San Siro; voglio poter urlare e vocalizzare a mio piacimento senza che nessuno si lamenti, se proprio ci tenete, potete unirvi a me in un duetto; se è possibile, vi chiedo di smanacciarmi il meno possibile, giuro che non ci sono soldi là dentro; non voglio assolutamente essere sfilettata come una lonza, sono disposta ad accettare il rischio di aprirmi in due come una cozza; voglio essere libera di spingere quando ne sento il bisogno, senza che mi diate il via come sugli scivoli dell'acquapark; infine, non voglio essere costretta a stare sdraiata, voglio alzarmi, girarmi, accovacciarmi, ballare il sirtaki.»

«Tutto qui?» domandò lei.

«Mi scuso in anticipo con tutti i presenti per eventuale turpiloquio e blasfemia.»

«Non ti preoccupare di quello», disse l'ostetrica mentre mi visitava, «ne abbiamo sentite così tante che ormai non ci sfiorano neanche più.»

«Con me ha iniziato a casa», intervenne papà.

«Ora il tuo collo dell'utero è a dieci centimetri, aspettiamo che si rompano le acque e vediamo se vuole venire fuori.»

«E quanto ci vorrà prima che si rompano le acque?»

«Questo non lo possiamo sapere. Potrebbe succede adesso come tra un'ora o tra un giorno.»

«UN GIORNO?»

«Io rispetto la tua volontà, se non vuoi che ti vengano rotte le acque artificialmente, non possiamo fare altro che aspettare.»

«Va bene, ho cambiato idea. Rompi.»

«Sei sicura?»

«Sicurissima, vai e spacca tutto.»

La procedura fu del tutto indolore, non sentii nulla a parte la valanga di liquido che sfociò da me tipo estuario.

«Adesso non passerà molto e sentirai il bisogno di spingere; se vuoi puoi fare una passeggiata per aiutare la discesa, tra una mezz'oretta controlliamo a che punto è.»

Ascoltai il consiglio e scesi dal lettino, mi aiutai utilizzando papà come appiglio e uscimmo dalla sala a passo lento. La passeggiata durò non più di un minuto, perché una contrazione lancinante mi dilaniò le viscere. Mi piegai in due e accartocciai la faccia in un'espressione di sofferenza. Dio mio, è la cosa più terribile che io abbia mai provato, sembra di avere qualcosa che ti squarta le interiora.

«La sento!» dissi non appena ripresi a respirare.

«Che cosa?» chiese papà.

«La bambina. Sta uscendo.»

«Ma ha dett...»

«STA USCENDO LA BAMBINA», insistetti.

Tornammo indietro velocemente e non appena fui davanti al lettino una seconda contrazione mi gambizzò.

Strinsi forte con le mani il bordo del lettino e trattenni il respiro.

«Sta venendo fuori», dissi con un filo di voce all'ostetrica.

«Ma no, ti sembra perché adesso le contrazioni sono più forti.»

«No, ti dico che la sento qui. Sta uscendo», replicai.

«Va bene, sdraiati e fammi vedere.»

Mi buttai supina sul lettino da parto e chiusi gli occhi. Sentivo che stava per arrivarne un'altra.

«USSIGNUR!» urlò l'ostetrica.

In pochi istanti fummo raggiunti dall'infermiera bionda.

«La tua bambina sta per nascere», disse. «La testa è qui, quando senti la contrazione spingi.»

Il mio corpo fu scosso da terribili tremori, mi mancò l'aria e un'ondata di calore mi travolse da capo a piedi. Infiniti piccoli impulsi elettrici mi percorsero per intero, avevo la bocca secca e morivo di sete.

«Mi scappa la cacca», dissi.

Tutti risero.

«È solo un'impressione, in realtà è la bambina che sta uscendo», mi informò l'ostetrica.

Sentii montare un'altra contrazione. Strinsi forte gli occhi e cercai di concentrarmi sul nucleo del dolore.

"Resta lucida, Giada", dissi a me stessa. "Indirizza la mente e il corpo in un'unica direzione."

"Non lasciarti trascinare dalle sensazioni."

"Occupa i pensieri."

"Otto, sedici, ventiquattro, trentadue, quaran... Merda, faccio schifo in matematica."

Il dolore crebbe.

"Mercurio, Venere, Terra, Marte, Giove..."

Mi balenò in testa il volto della maestra Carla che quindici anni prima mi interrogava alla cattedra, facendomi sentire umiliata di fronte all'intera classe perché non ricordavo mai i nomi dei sette re di Roma: «Non combinerai mai niente di questo passo, Sundas».

La pressione si fece più intensa.

"Romolo, Numa Pompilio, Tarquinio Pri... No, Tullo Ostilio, poi? Anco Marzio?"

La contrazione arrivò più veloce e violenta delle precedenti.

Inarcai la schiena e urlai. Solo dopo che la mia voce si fu dispersa nell'ambiente mi accorsi che quel suono mi apparteneva. Era uscito dalla mia bocca autonomamente.

Spinsi forte e a lungo, fino a quando il mio corpo me lo chiese.

«Bravissima! Con una sola spinta è venuta fuori la testa, alla prossima la facciamo nascere», squittì miss sorriso.

«Ho caldo! Datemi da bere!» implorai.

Nella mano di papà comparve un ventaglio che iniziò ad agitare a pochi centimetri dalla mia faccia.

«È L'ULTIMA VOLTA CHE MI TOCCHI! DA OGGI DORMIAMO IN LETTI SEPARATI!» gli urlai.

«Ti amo piccola.»

«VAFFANCULO!»

«Sei bellissima.»

La quarta contrazione arrivò quasi subito, senza neanche darmi il tempo di riprendermi dalla precedente.

"Anco Marzio, Tarquinio Prisco, Servio Tullio..."

Il dolore ordinò al mio sistema nervoso di tenere occupate le mani e d'istinto feci un rapido gesto per aggrapparmi al collo di papà. Lui fortunatamente ebbe i riflessi abbastanza pronti da schivare il mio gancio.

«SVENTOLA PIÙ FORTE!»

Il dolore mi travolse un'ultima straziante volta, strinsi le mani al lettino e spinsi con tutte le mie forze accompagnando il gesto con un lungo suono gutturale che mi aiutò a scaricare lo sforzo.

"Tarquinio il Superbo."

E il dolore mi abbandonò.

Attorno a me si formò una grossa bolla patinata che mi fece schermo da tutti i suoni che mi circondavano, come se qualcuno avesse premuto il tasto «muto» e il mondo si fosse zittito in un flebile fischio a bassa frequenza. Tutto ovattato, tutto sfocato, tutto rallentato...

Vidi il viso di papà bagnato dalle lacrime e l'ostetrica che batteva le mani in un gesto di soddisfazione, girai la testa e mi scontrai con l'immagine di un piccolo corpo stropicciato tra le mani dell'infermiera. La bolla scoppiò e il suono del tuo vagito si depositò nei miei timpani. Il mio cuore si staccò dal corpo e fece una capriola.

Ero madre.

"Cosa mi dici adesso, maestra Carla?"

Il diciassette agosto duemilaquattordici, alle due e cinquanta di notte, il mondo dovette farsi un po' più in là, perché fu il momento in cui vedesti la luce per la prima volta.

Quindici minuti di travaglio, quattro contrazioni, due spinte, un punto di sutura.

«Sei nata per fare figli», fu una delle prime cose che mi disse l'ostetrica dopo il parto.

«Prima e ultima», fu la risposta.

Nell'immaginario comune, una volta che è avvenuta l'espulsione, il parto può considerarsi concluso e la sofferenza un ricordo da archiviare.

No.

Dopo aver partorito un pomelo di tre chili, le contrazioni continuano perché c'è ancora da espellere la placenta. Un invertebrato acquatico viscido e molliccio. Poi ti fanno l'orlo, infine ti impacchettano con un assorbente a una piazza e mezza e delle strane mutande reticolate, riutilizzabili poi per la pesca alla granseola.

Le prime ore dopo il parto sono destabilizzanti, perché non si sa bene cosa si deve fare, ci si ritrova improvvisamente con questo esserino strano in mano senza sapere come usarlo.

Sei lì, con la pancia a mantovana, lo Schiaparelli in mezzo alle gambe e le areole del diametro di un trentatré giri e pensi "e mo'?".

E mo' ti arrangi.

Ti arrangi perché ti avevano detto che sarebbe stato amore a prima vista, e invece piangi perché 'sto amore incondizionato si sono dimenticati di dartelo.

Ti arrangi perché ti avevano detto che allattare è la cosa

più bella e naturale del mondo, e invece piangi perché a te sembra di intingere i capezzoli nel magma, ma soprattutto perché se ti siedi sull'orlo del Vesuvio le tette arrivano da sole a immergersi nel magma.

Ti arrangi perché ti avevano detto che partorire naturalmente è doloroso, sì, ma è giusto quell'attimo lì, poi passa tutto, e invece piangi mentre sei seduta sul water a fare la pipì.

Ti arrangi perché ti avevano detto che il tuo istinto di mammifero sarebbe intervenuto e avresti sempre saputo di cosa ha bisogno il tuo bambino, e invece piangi perché il tuo bambino piange e non sai come fare per farlo smettere.

Io con queste cose ho dovuto confrontarmi non appena sono rientrata nella mia stanza d'ospedale dalla sala parto.

Lacrime, solo lacrime. Ormoni liquidi che bagnano gli occhi.

"Adesso sei madre, Giada", mi ripetevo.

Eppure c'era qualcosa in me che non andava. Dov'era il mio amore per te? Dov'era la gioia di essere madre? Dov'era tutto quello che avevo letto nei libri e su internet? Dov'era l'emozione di nutrirti al mio seno? Dov'era la bellezza e la magia della condivisione del letto?

Vergogna, nient'altro che vergogna era quello che riuscivo a provare per me stessa. Avevo sbagliato tutto, non avrei mai dovuto mettere al mondo un bambino, non ero in grado di essere madre, non lo meritavo, non sarei mai stata un bravo genitore.

Non riuscivo a reggere il confronto con quelle donne su Facebook, che raccontavano come l'amore materno le avesse investite non appena i loro bambini avevano abbandonato il loro corpo, come lasciare che il loro piccolo dormisse lontano da loro le faceva sentire vuote e incomplete, che postavano foto di teneri momenti di nutrimento reciproco, in cui il bambino si riempiva lo stomaco del loro latte mentre loro si riempivano l'anima di adorazione.

Io avevo paura di romperti. Quando ti spostavo, ti prendevo in braccio o ti cambiavo il pannolino, ero impacciata e esageratamente cauta. Vorrei davvero capire per quale motivo i neonati vengono al mondo con questo collo mal strutturato in proporzione alla testa, basta distrarsi un attimo e quella comincia a penzolare come il batacchio di una campana.

Le prime volte che dovevo svestirti e cambiarti ci mettevo almeno quaranta minuti, tutta la procedura di sfila il braccino, adesso sfila l'altro, adesso una gambina... andava fatto con cautela ed estrema delicatezza, altrimenti ero certa che mi sarei ritrovata con un piccolo arto in mano. Era ben diverso dal vestire e svestire una Sbrodolina, quelle avevano gli arti ruotabili di trecentosessanta gradi e se per sbaglio gliene cavavi uno bastava ricollocarlo, grazie alle giunture componibili a incastro. Non ero sicura funzionasse così anche con i bambini veri, ma per sicurezza non volli provare.

A complicare il processo c'era il sadismo dei produttori di tutine, che, secondo me, figli non ne hanno mai avuti, altrimenti non farebbero 'ste camicie di forza che per metterle devi snodare il bambino come una Barbie. Farà anche molto chic la fila di bottoncini a pressione messa in diagonale dalla spalla al piede, ma spiegatemi come faccio a sfilare l'altro, di piede, senza lussargli il bacino. Ancora meglio quelle con l'apertura solo sul sedere, che per sfilare le gambe bisogna accartocciare il bambino su sé stesso.

Anche quando dovevo sollevarti il culetto per infilarci il pannolino sotto, tenendoti entrambe le caviglie con una sola mano, lo facevo velocissima per timore di restare con le gambe in mano. Ero una neomamma con la sua bambina fresca di placenta tra le mani, con la normale paura di romperla, di ammazzarla o di mutilarla.

Non mi sono mai sentita più smarrita e invisibile in vita mia come in quei quattro giorni di ricovero. Avevo la stanza piena di amici e parenti, ma loro non mi vedevano, io non esistevo più. Ero passata dall'essere amata e coccolata da tutti a essere un inutile contenitore vuoto. Ero la carta da regalo che avvolge un dono sotto l'albero di Natale: così meravigliosa e scintillante, pregna di fascino e mistero, guardata con brama mentre avvolge l'ignoto, ma insignificante e irrilevante, senza alcun valore, non appena il dono viene scartato.

Il primo giorno avevo paura anche di andare in bagno, totale smarrimento e imbarazzo nel chiedere aiuto.

Papà era andato via alle cinque del mattino, dopo averci accompagnate in stanza, e non lo sentii per tutta la mattina. Pensai che avesse dormito fino a tardi e che ci avrebbe raggiunte dopo pranzo, invece non arrivò. Gli avevo lasciato il mio cellulare per metterlo sotto carica, quindi non avevo neanche modo di contattarlo.

Restai rannicchiata nel mio letto tutto il giorno con te accanto pregando che non ti svegliassi: avevo paura di te, e il fatto di essere lì da sola mi metteva ansia. Mi sentivo come quando da bambina andavo a fare la spesa con la mia mamma e alla cassa le veniva improvvisamente in mente di aver dimenticato qualcosa, così mi lasciava lì da sola, mentre la coda avanzava e io non sapevo cosa fare.

Passai ore a guardarti incredula. L'avevo fatto davvero? Non riuscivo a ricucirmi con la realtà, a realizzare che eri davvero nata, che ti avevo davvero lì vicina a me.

Eri bellissima, ai miei occhi, la più bella bambina mai vista. Somigliavi tanto a papà e questo mi rendeva felice, perché lui era molto più bello di me.

Restai immobile su quel letto per ore, accarezzandoti con gli occhi e tentando di assestare l'accaduto, fluttuando una spanna sopra la realtà.

Papà ci raggiunse nel primo pomeriggio e non appena arrivò ne approfittai per infilarmi in bagno e farmi una doccia.

Quando uscii lui era seduto accanto al letto con un fagottino rosa in braccio e una scatolina nera in mano.

«Ti ho portato un regalo», disse.

Mi sedetti sul letto e lo aprii. Dentro c'era un sottile anello d'oro bianco con un piccolo solitario incastonato sul vertice. Era meraviglioso, rimasi ferma a guardarlo senza parole.

«È bellissimo, grazie», dissi non appena mi ricomposi.

«Non sapevo come altro ricambiare il regalo che mi hai fatto. Grazie per avermi reso padre. Questo dono non sarà mai prezioso quanto quello che tu hai fatto a me, ma non sono riuscito a trovare un altro modo per sdebitarmi per questa cosa immensa che hai fatto. Ti guardavo mentre eri lì che soffrivi e avrei tanto voluto prendere il tuo posto e liberarti dal dolore, ma ora mi rendo conto che non sarei mai stato in grado di sopportarlo. Sei stata bravissima e io sono orgoglioso di te. Grazie.»

Lo guardai sgomenta per qualche istante, lui sostenne il mio sguardo a lungo. I suoi occhi confermavano quello che aveva appena detto. Era felice, era grato, era orgoglioso di me.

Un pezzo del guscio della nostra relazione cadde e potei vedere un nuovo frammento dell'uomo che amavo, qualcosa che non avevo mai visto e che non aveva mai visto neanche lui, perché quella parte di lui era nata poche ore prima insieme a sua figlia.

Avevo appena ricevuto tre gioielli: un anello bellissimo, una bambina meravigliosa e l'uomo migliore che mi potesse capitare.

I nonni ci raggiunsero poco dopo, insieme ad altri parenti, e, non appena ti vide la nonna Biba cedette sotto una cascata di lacrime di commozione. Finalmente il destino le aveva mandato una bambina, quella bambina tanto desiderata ma mai arrivata. Il nonno, invece, fece finta di essere un duro e nascose la felicità dietro un largo sorriso.

Un'altra delle cose del quale ero stata tenuta all'oscuro è che i neonati tendono a prenderti per il culo. Ovvero, freschi di utero tendono a essere letargici, giusto per darti l'illusione di aver partorito un bambino di quelli leggendari che dormono tutta la notte e li svegli poi tu a mezzogiorno perché hai calato i rigatoni, invece a casa ti mostrano di che pasta sono fatti.

Anzi, di che cacca sono fatti.

Tu dormisti per tutti i quattro giorni di ricovero, ogni tanto ti svegliavi per staccarmi un pezzo di capezzolo o per aerografare il pannolino, e poi ti spegnevi di nuovo. Ovviamente questa era solo la tua versione demo, una sorta di esempio dimostrativo. Tipo quelli che si fanno con gli schiacciapatate Tupperware.

Al terzo giorno iniziai a capire un po' come funzionava la faccenda, mi abituai al cuscino sulla sedia, alla sfilata delle tre del mattino delle infermiere con gli zoccoletti, ai Lady Presteril, alla pasta cotta trentacinque minuti, alle traversine sotto le chiappe, alle contrazioni di assestamento… Soltanto una cosa non mi era ancora molto chiara: l'allattamento. Attaccarti al seno era peggio di una coltellata.

Chiesi aiuto più volte alle addette del nido, la risposta era sempre la stessa: ti devi abituare. Mentre mi abituavo mi vennero le ragadi fin sotto le ascelle.

Stringevo i denti e cercavo di sopportare il dolore mentre con le lacrime agli occhi provavo ad assecondare le tue richieste nella speranza di vedere arrivare la montata lattea. Chiesi anche un tiralatte e mi munsi per quattro ore di fila per cercare di stimolare il processo. Poi una notte mi svegliai fradicia: la fatina del latte mi aveva portato le tette liquidator in cambio del mio perineo.

Il giorno dopo eravamo pronte per le dimissioni, peccato solo che eri gialla come un Simpson.

«Signora, non possiamo ancora mandarvi a casa. La bambina ha l'ittero», disse la pediatra dell'ospedale.

«È un pesce?»

«Non ittico, ittero. Vuol dire che ha la bilirubina un po' alta.»

«Quindi cosa bisogna fare?»

«La mettiamo sotto una lampada per dodici ore, dovrebbero essere sufficienti. Se domani va meglio, vi dimettiamo.»

Portarono un grosso macchinario nella stanza, ti coprirono gli occhi e ci fecero la trifacciale.

Quando papà arrivò in camera, per poco non morì di crepacuore.

«Che sta succedendo?» domandò.

«La bambina la ha sbirulina alta.»

«La che?»

«Boh, la sbirulina, la diavolina, l'Ucraina… Qualcosa con -ina.»

«E adesso?»

«E adesso ce ne siamo qui sotto al girarrosto, se le passa, domani torniamo a casa.»

Ovviamente non tornammo a casa, e questa volta fu perché avevi perso troppo peso da quando eri nata. Mi fecero sentire una merda, dicendomi in modo indiretto che era solo colpa mia se non crescevi, perché non ero disposta a sopportare il dolore e dopo pochi minuti ti staccavo dal seno. Piansi ancora, sballottata in un turbinio di ormoni e colpevolezze. Potevo essere una madre peggiore di così? Desiderai che tutto finisse, desiderai tornare indietro alla mia vita di prima, desiderai non aver mai fatto il grande errore di mettere al mondo una figlia della quale non ero in grado di prendermi cura.

Fui sotterrata sotto tonnellate di «smettila», «adesso basta», «ora sei tu la mamma, piantala di frignare», ma non riuscivo davvero a credere che quella fosse la realtà, qualcosa doveva essere andato storto: le persone, di solito, toccano il cielo con un dito.

Mi interrogai più volte chiedendomi dove avessi sbagliato,

non lo sapevo, nessuno me lo spiegò, nessuno mi rassicurò, nessuno ebbe la pazienza di affiancarmi e mostrarmi come si faceva ad attaccarti al seno, a cambiare il pannolino o a calmare un pianto isterico.

Mi fecero pressione per darti l'aggiunta di latte artificiale e alla fine cedetti per sfinimento. Dopo un giorno di biberon, decisero finalmente di lasciarci andare.

Ero sfinita, non sopportavo più di dormire in un letto scomodo con la luce sempre accesa, non sopportavo più il pianto di decine di neonati ventiquattr'ore al giorno, non sopportavo più di mangiare cibo sciapo e di pessimo gusto, non sopportavo più le urla delle partorienti a ogni ora del giorno e della notte, non sopportavo più l'idea di non potermi lavare per bene, non sopportavo più il caos, la frenesia, l'essere buttata giù dal letto alle sei del mattino per farmi infilare il termometro nell'orecchio e farmi stritolare il braccio con lo sfigmomanometro, non sopportavo più l'odiosa sensazione di umidiccio e di bagnato in mezzo le gambe. Volevo andare a casa, desideravo l'intimità delle mie mura, la familiarità delle mie lenzuola sature dell'odore della mia famiglia, la comodità della mia doccia e la libertà del mio bagno. Desideravo solo portarti a casa e mostrarti che potevo essere una madre migliore di quella in cui mi avevano trasformato in quei giorni di estremo stress. Ce l'avrei messa tutta, sapevo di poter fare meglio di così, che avevamo solo iniziato con il piede sbagliato, che il contesto ci aveva remato contro...

Ero pronta a dimostrarti che io non ero così, ero anch'io vittima degli eventi e smarrita nel labirinto della confusione. Potevamo ricominciare daccapo e sentivo che, una volta a casa, tutto sarebbe stato più facile. Io e te, senza interferenze.

Era sabato sera quando arrivai all'ospedale e giovedì pomeriggio quando mi permisero di uscire.

Il viaggio verso casa scatenò un vortice di incognite e paure rimaste represse fino a quel momento. All'ospedale, se avevo bisogno di qualcosa dovevo solo chiederlo, da quel momento invece avrei dovuto cavarmela da sola.

Papà fermò l'auto davanti al cancello di casa e non si mosse.

«Che fai?» chiesi.

«Eh?» temporeggiò come un bambino di terza elementare al quale la maestra ha fatto una domanda a cui non sa rispondere.

«Apri il cancello.»

«Sì, adesso lo apro.»

«Moreno, sei impazzito? Perché ce ne stiamo fermi qui come due scemi?»

«...»

«Senti, io sono a pezzi, non ho voglia di stare dietro alle tue scemenze. Dammi le chiavi che apro io.»

«Eaoumaoounn...» farfugliò.

«Dove sono le chiavi?»

«Emmm...»

«Moreno, mi sto arrabbiando.»

«Non le ho.»

«Cioè, mi stai dicendo che siamo senza chiavi di casa?»

«Eh.»

«Ma adesso me lo dici? E come facciamo? Le hai perse?»

Poi il cancello si aprì da solo.

«Mi vuoi spiegare che sta succedendo?» chiesi.

Lui rise imbarazzato, io iniziai seriamente a innervosirmi.

Parcheggiammo l'auto in garage e salimmo in casa, papà non rispose a nessuna delle mie domande e iniziai a capire che stava tramando qualcosa.

Non appena arrivammo davanti alla porta ci aprì lo zio Manuel, dentro ci aspettava un grosso striscione che diceva BENVENUTE, qualche palloncino rosa e il profumo di pasta al forno nell'aria. La nonna Biba ci aveva organizzato una sorpresa facendoci trovare la cena pronta.

Ora sembrerò una spocchiosa ingrata, ma, anche se apprezzai tantissimo questa sorpresa, perché di cucinare non avevo proprio voglia, io avevo immaginato di arrivare a casa, buttarmi a letto con una tetta di fuori e ordinare una pizza a domicilio da mangiare direttamente sdraiata. Dovetti riformulare i miei programmi, quel giorno e tutti quelli a venire, perché casa nostra divenne una zona ad alta percorrenza. La presenza di un neonato in una casa scatena quello che si definisce il fenomeno del Re Magio, ovvero per due settimane, ogni giorno, ci fu un viavai di amici e parenti ansiosi di vedere la nuova arrivata, tutti pronti a impartire la lezioncina sulla crescita di un bambino. «Si fa così, non si fa cosà, stai sbagliando, è meglio questo di quest'altro, vestila di più, allattala di meno, la stai viziando e bla bla bla...» Ancora una volta, come all'ospedale, ero circondata da persone che mi dicevano che stavo sbagliando tutto.

Ero uno straccio: avevo dolori dappertutto, non riuscivo ad allattarti bene, dormivo poco o niente e tu eri un'estensione del mio corpo, impedendomi anche di mangiare e lavarmi da sola. Eri appena venuta al mondo, fino a qualche giorno prima ti trovavi in un posto tranquillo dove ogni tua necessità veniva soddisfatta all'istante, ora eri smarrita in un mondo troppo grande e l'unica cosa che ti placava era il contatto con me: non appena ti lasciavo, piangevi disperata. La mia libertà personale fu totalmente annientata. A discapito di questo, dovevo impegnarmi a tenere la casa pulita e il mio aspetto presentabile. Un incubo. Desideravo solo essere lasciata in pace a costruire l'inizio del nostro rapporto senza essere continuamente interrotta.

Il campanello suonava sempre quando tu ti eri appena addormentata, o mentre ti stavo allattando, o nei momenti in cui la casa era nello stato peggiore. Da quando schiacciavo il tasto di apertura del citofono avevo circa ventotto secondi per dare all'ambiente un aspetto accettabile, il tempo di percorrenza delle scale.

I turisti del puerperio sono solitamente membri della famiglia, amici, amici di famiglia, famiglia degli amici o amici della famiglia degli amici, si presentano per lo più con un gaio pacchettino dalla carta a tema infantile contenente vestiario di sei mesi più grande della reale età del bambino «perché così lo usi più avanti», prescindendo totalmente dalle previsioni stagionali; pongono domande di default come «allora come va?», «dorme?», «allatti?», «è bravo?», «lo tieni nel lettone?» per poi esporre le proprie esperienze di genitorialità proponendole come verità assolute, infine ti consegnano la bolla del pacco di consigli non richiesti che ti hanno gentilmente portato.

Non riuscivo davvero a capire se preferivo stare nella totale solitudine o essere circondata da persone che non mi facevano compagnia.

Piansi ancora, ogni giorno, ogni notte, ogni volta che non riuscivo a capire cosa dovevo fare. Tu piangevi, io piangevo. Mi domandai se mi fosse sfuggito qualcosa, magari in giro esisteva un manuale delle giovani mammette che spiegava passo passo come interpretare le diverse tonalità di vagiti: io non avevo l'orecchio assoluto del pianto come le altre madri, come facevano a capire cosa le stavano comunicando i loro bambini? Avevano seguito dei tutorial su YouTube? C'era per caso un PowerPoint esplicativo con le dissolvenze a stella da scaricare dal sito del ministero della Salute? Perché si ostinano a raccontare alle donne che, una volta nato il loro bambino, l'istinto le guiderà verso le soluzioni come una cometa nella notte? Non è vero. Io non sapevo fare la madre, mi avevano sotterrato sotto cumuli di consigli ed esperienze, ma nessuno faceva al caso mio.

Non stavo bene, e le persone che transitavano da casa mia non lo videro perché, convenzionalmente, ero costretta a mostrarmi felice e appagata dal mio nuovo ruolo di madre.

Devo solo ringraziare papà, che fu fondamentale in quei primi giorni di assestamento, tenendomi in piedi per i capelli mentre sprofondavo nello sconforto.

Ancora oggi mi chiedo perché una madre non possa permettersi di manifestare i propri disagi senza venire duramente ridicolizzata al suono di “hai voluto la bicicletta?”; perché da decenni la prassi imponga che una donna con un neonato in braccio debba automaticamente essere traboccante di gioia.

Basta. Basta continuare a mantenere la maschera pirandelliana dell’invincibilità materna. Siamo stufe di dover far credere che va tutto bene, che siamo felici, che non siamo stanche, che è tutto meraviglioso, che fare la madre è la naturale continuità evolutiva della specie e quindi semplice adempimento dei propri doveri del ruolo. Basta. Diciamolo che una volta messo piede in casa dall’ospedale non ci si capisce niente, diciamolo che siamo sfinite, che non sappiamo cosa fare, come farlo e qual è il modo giusto di farlo, diciamolo che il pianto di un neonato riecheggia in un cranio insonne dieci volte più forte, che le ossa scricchiolano, le ferite tirano, le viscere strisciano come larve, gli ormoni ti piallano il cervello e ti senti sbriciolare. Diciamolo al mondo che è dura, che la maternità ti investe senza preavviso, perché lo sapevi che stavi per avere un bambino, ma un giorno non sei madre e quello dopo sì e non hai il tempo di capire come funziona, hai avuto il tempo di preparare la cameretta e comprare l’Inglesina color terra di Siena, ma non il tempo di ridimensionare la tua esistenza.

Una puerpera ha bisogno del suo compagno accanto, non della suocera che fa il sugo, della mamma che dà il Lysoform sul pavimento, delle amiche che portano i body con gli orsetti in cotone biologico, perché si possono anche mangiare piadine e pizze surgelate e avere le briciole per terra, ma il sostegno dell’uomo che ci ama è fondamentale. Abbiamo bisogno del nostro uomo, lo stesso che per nove mesi ci ha lavato la frutta con il bicarbonato, che ha cantato alla nostra pancia e ci ha aiutato ad alzarci dal divano. Perché siamo sole anche in mezzo al parentame, siamo sole nel nostro casino di neomamme e abbiamo bisogno di qualcuno che ci asciughi le lacrime senza sminuirle, che ci coccoli nel nostro nuovo corpo, che ci lavi i piedi mentre i punti schioccano come fruste, che ci dica che va tutto bene mentre dentro di noi si sta scatenando un pogo di ormoni, che si svegli con noi la notte, che si immerga nella cacca fino ai gomiti, che passeggi dodici chilometri avanti e indietro dal bagno alla cucina con un bambino urlante tra le braccia mentre noi facciamo una lunga doccia incandescente.

Dev'essere dura essere padre, mentre con un braccio si culla un neonato e con l'altro una mamma stanca.

I primi quindici giorni dopo il rientro a casa dal punto di vista pratico filarono piuttosto lisci, grazie al fatto che papà aveva preso le ferie e si occupava di tutto. Puliva, lavava, preparava da mangiare, ti metteva i pannolini, mi dava il cambio durante la notte e si occupava delle commissioni.

Quando dovette rientrare al lavoro, io mi ritrovai improvvisamente sola per tredici ore al giorno a occuparmi di tutto. Ero certa che senza di lui non ce l'avrei fatta, tu occupavi tutto il mio tempo con le tue esigenze e io ero stremata dagli eventi. Avevo anche timore a stare da sola a gestire tutto senza la presenza fisica di qualcun altro. Da lì in poi non avrei potuto mai prendermi cinque minuti per me stessa.

In breve tempo la casa divenne una riproduzione fedele della mia camera da adolescente, si formò anche un ecosistema di microcorpi socialmente organizzati in un sistema gerarchico piramidale, un gruppo di pachidermi si fermò ad abbeverarsi nella vasca da bagno, in cucina avviammo una startup con una coltivazione clandestina di Pleurotus e Alberto Angela piazzò quattro picchetti in salotto e montò la sua Quechua con l'intero set da birdwatching. Io assunsi il consueto aspetto del clochard tiburtinense, barba e baffi compresi: capelli coalizzati in un unico grande gomitolo rasta, caccoline negli occhi a crescita perpetua, fiatella marinata e outfit Pigiama's Secret. L'intero quadro si completava con il caratteristico olezzo di caprino dovuto ai rigurgitini che mi spruzzavi addosso con costanza maniacale. Ogni tanto spalancavi la bocca, mi irrigavi con un getto da duecento bar e richiudevi il tutto, alla fine mi scocciai anche di cambiarmi e mi rassegnai alla fragranza Acqua di Rigù.

Mi sentivo come proiettata sul set di *Io sono leggenda*. In casa crebbe la tundra con tutta la sua fauna, vivevo con uno zombie che andava a pieno regime solo al calare del sole e la solitudine mi portò a intavolare dibattiti con oggetti inanimati.

«Buongiorno microonde, come andiamo stamattina?»

...

«Lascia, non me lo dire, anche tu nottataccia? Senti, me la dai 'na scaldata a 'sto biberon?»

*Vuoooo.*

«Ma ancora con questa storia? Pensavo ce la fossimo buttata alle spalle.»

*Streeeeee.*

«Va bene, va bene! Scusami se ti ho fatto scongelare gli hamburger e poi me li sono dimenticati dentro. È stata una svista, non ricapiterà più.»

*Gnoaaaa.*

«Sì, ma questo è rancore, e poi diciamocelo, il defrost non è il tuo forte.»

*Mruuuu.*

«Lascia stare, tanto rigiri sempre le cose a modo tuo. Ti ho chiesto scusa e ti ho anche spruzzato il Rio melaceto, questo è il ringraziamento per quello che faccio per te?»

*Tin!*

«Cerca di darti una calmata bello, questa casa non è un Unieuro.»

Questa parziale instabilità mentale era dovuta soprattutto al fatto che eri affetta da una grave forma di sindrome della patella: volevi stare sempre accollata. Questo condizionò notevolmente ogni aspetto della mia vita, andare al gabinetto, dormire, fare la doccia, mangiare... Preparavo, apparecchiavo e mangiavo con te in braccio.

Una mano alla forchetta, una mano alla gnometta e un movimento secsi.

«Giada, guarda che hai sbrodolato di sugo la faccia della bambina», disse una sera papà mentre eravamo seduti a cena.

Ti sollevai e ti leccai via la macchia. Lui mi guardò disgustato.

«Che c'è?» chiesi.

«Lo Scottex è da plebei?»

«La cellulosa è un materiale prezioso, non va sprecato.»

«Noi compriamo quello dell'Eurospin da quaranta centesimi, sarà fatto di scarti di produzione degli Zingarelli, la cellulosa manco l'ha mai vista.»

«Metà dei miei pasti finiscono sulla sua testa ogni giorno, se la pulissi ogni volta con la carta, non raggiungerei il giusto apporto di calorie e nutrienti del mio fabbisogno.»

«Guarda, puoi anche leccarla tutta, così evitiamo di sprecare acqua e sapone per lavarla.»

«Giusto, come fanno i gatti.»

«Be', in quanto a pelo ci sei.»

Ebbi la mia prima soddisfazione quando ti cadde il moncone del cordone ombelicale. Santo cielo, era una vera schifezza. Sembrava uno di quei bastoncini di carne essiccata per cani e avevo paura anche a toccarlo. Ebbi anche qualche dubbio sulla giusta destinazione per la raccolta differenziata.

«Secondo te va nell'indifferenziata?» chiesi a papà.

«No, secondo me va nell'organico.»

«Dici che è compostabile?»

«Penso di sì, è pur sempre un pezzo di corpo umano.»

«Non ho mai occultato un cadavere, quindi non saprei come si smaltiscono i resti umani.»

«Io guardavo *CSI*, di solito si buttano nel mare o si abbandonano nei boschi. I più esperti usavano l'acido.»

«Mmm, acido non ne ho. Ho il Viakal, andrà bene?»

«Puoi anche buttarlo nel gabinetto.»

«No! Sei pazzo? Non hai imparato niente guardando le Tartarughe Ninja? Potrebbe trasformarsi in un essere mutante. Hai idea di cosa potrebbe succedere se il mondo fosse conquistato dai supermonconi?»

«Senti, chiudilo in un pannolino e non pensiamoci più.»

«Sai cosa vuol dire questo? È arrivato il momento del primo bagnetto.»

Feci scorrere l'acqua per riempire la vaschetta.

"Troppo calda."

"No, così troppo fredda."

"Nah, troppo tiepida."

Alla fine non percepivo più la temperatura con le dita.

«Moreno, secondo te l'acqua va bene?»

«Secondo me è fredda, aggiungi calda.»

«Preferisco fredda che calda, non vorrei ne uscisse soffritta.»

«Dai, mettiamola dentro, tanto cosa avrà da lavarsi una neonata?»

Ti sdraiammo nella vaschetta fatta appositamente con una specie di seduta reclinata per tenere su il bambino e non farlo scivolare dentro l'acqua, questo in teoria, perché in pratica funge da scivolo dell'acquapark. Non appena ti appoggiai, finisti dritta a mollo. Insomma, poco importava la temperatura, se alla fine saresti morta affogata.

Questa specie di sequestro domiciliare durò circa un mese, un mese in cui vivemmo allo stato brado totale; poi fui costretta ad assegnare l'appalto per la ristrutturazione del mio aspetto osceno.

La prima volta che mi tolsi il pigiama fu come se mi portassero via uno strato di epidermide, feci proprio la muta. Mi misi addosso dei vestiti che mi dessero una parvenza di umanità, mi pettinai i capelli e mi lavai la faccia, poi fui pronta per la mia prima avventura da sola con te: pagare la bolletta della luce. L'operazione filò piuttosto liscia, ma furono trenta minuti di pura ansia con la preoccupazione delle eventuali possibilità: un geyser di cacca traboccante, un pianto isterico non identificato, un vomitino a sorpresa, una scorreggia in si bemolle proprio nel momento in cui l'intero ufficio postale era in silenzio... Insomma, le possibilità erano infinite, ma per fortuna andò tutto bene e tornammo a casa sane e salve.

Quell'esperienza mi fu preziosa per riconoscere che forse potevo ancora concedermi un'oretta d'aria di tanto in tanto, e iniziai ad allungare le uscite sempre di più. Un piccolo passo per me, un grande passo per l'umanità.

L'itinerario per l'ora d'aria prevedeva:

1. Nutrimento. Assolutamente inammissibile uscire di casa senza aver messo in espansione lo stomaco, la fame avrebbe scatenato sonore richieste da centoventi decibel.

2. Aerazione. Indispensabile appurare che ogni accumulo di gas fosse sfiatato dagli appositi orifizi, uscire già scorreggiati evitava che mi schizzassi via dalle mani come un palloncino gonfiato e lasciato andare senza annodarlo.

3. Bonifica dei liquami. Uscire senza aver atteso le dovute gettate digerenti voleva dire portarsi appresso il grosso fardello dell'incognita. Ogni momento avrebbe potuto essere quello buono per ritrovarsi a sbracciare a stile libero nella cacca o nel vomito in un bagno pubblico senza fasciatoio.

4. Valutazione dell'umore in una scala da uno a Sgarbi. Mai, e dico mai, portare fuori un neonato incazzato se non si vuole essere segnalati all'Enpa.

5. Preparazione della stiva. Se sei madre non puoi non avere una di quelle cassette degli attrezzi a scompartimenti segmentati nel quale ogni strumento ha la sua collocazione. Addirittura ne esistono alcune tipo Transformers che, con

una combinazione di liturgie in sequenza, si trasformano in giacigli per la manutenzione dei culetti. Di norma per il cambio servono circa tre cose, i restanti trentotto chili di bisaccia sono costituiti dal nonsisamai.

In breve, per circa quaranta minuti di passeggiata sono necessarie almeno sei ore di allestimento.

A te piaceva molto uscire di casa, ma solo se la suddetta uscita prevedeva la percorrenza del vialetto e il dietrofront per il rientro in patria.

La passeggiata si divideva quindi in due parti: la prima composta da giacchetta, posizionamento sul passeggino, cinturine, uscita di casa con falcata gangster e immaginario sottofondo musicale che comunica al mondo di fare spazio a *wonder mummy*, aria frizzantina sulle gote e autostima senza parabeni; la seconda, che subentrava dai quattro ai sei minuti dopo, composta da me che con un braccio ti cullavo e con l'altro spingevo il passeggino senza riuscire a manovrarlo evitando di dislocare rotule e fratturare femori ai malcapitati passanti. Ogni volta tornavo a casa e baciavo il linoleum come Chris Colombo che scende dalla *Santa Maria* e scopre che in America hanno il caffè.

Questa fase iniziale è forse la peggiore in assoluto, i giorni si susseguono tutti uguali, la libertà personale è totalmente annientata e il chiccazzomelhafattofare è la costante che accompagna lo scorrere delle ore cieche.

Dormivo poco e in modo sconnesso, mai più di due ore consecutive e in posizioni scomode, o con te sdraiata sullo sterno. Ti svegliavi per essere allattata, poi per essere cambiata, poi perché avevi una colica e poi per checcazzonesò. A volte volevi solo che ti tenessi in braccio e che camminassi in giro per casa, alle tre di notte, per quattro ore.

Ricordo che una notte, quando ti cullavo avanti e indietro per il corridoio mentre fuori l'alba mi salutava con "anche oggi qui?", presi il cellulare e cercai su Google "non sono felice di essere madre". Scorsi a lungo i risultati senza trovare niente che fosse fedele al mio sentire, fino a quando non trovai un link che faceva al caso mio. Era un post su un forum, di una donna che raccontava di quanto fosse infelice nel suo nuovo ruolo di mamma: suo figlio aveva poche settimane e lei si sentiva soffocata dagli eventi, dal sonno, dai dolori, dall'allattamento, da una nuova vita senza uscita. Quel post avrei potuto scriverlo io, neanche so spiegare quanto mi sentii felice di leggere quelle parole, non ero sola, quello che stavo provando era normale! Scorsi la pagina verso il basso per leggere le risposte e fu una pugnalata al cuore. Decine e decine di donne che la insultavano, che la mortificavano, che urlavano alla vergogna, all'ingiustizia divina che assegna i nascituri nelle mani di madri che non se lo meritano... Lessi tante cattiverie che mi colpirono come frustate a pelle nuda. Anche se non erano rivolte a me, mi arrivarono dritte dritte sulla coscienza e mi fecero vergognare di me stessa.

"Allora sono davvero io quella sbagliata."

Non parlai a nessuno del mio disagio, mi fingevo felice e colma di gioia nonostante il mio aspetto dicesse il contrario. Non dissi a nessuno che per te non provavo niente, che ti guardavo e ti vedevo così bella, ma non riuscivo a capacitarmi del fatto che fossi mia, che provenissi da me; non dissi a nessuno che per me tu non eri altro che un esserino di cui dovevo prendermi cura, nient'altro che qualcuno la cui sopravvivenza dipendeva da me e quindi un lavoro senza retribuzione alcuna, non dissi a nessuno che trascorrevo le giornate seduta sul divano con te in braccio mangiando per ore senza nessuno stimolo, non dissi a nessuno che ero pentita e che avrei rivoluto indietro la mia vita.

La luce in fondo al tunnel la vidi dopo quaranta giorni dalla tua nascita, quando le perdite di sangue post-parto cessarono e iniziai a sentirmi più comoda, poco per volta i risvegli notturni si diradarono e riprovai il piacere di dormire tre ore filate, i dolori alle ossa e ai punti diminuirono, ma soprattutto, per la prima volta, mi rivolgesti un sorriso. Mentre ero seduta sul divano nel periodo più duro della mia vita, con un aspetto inguardabile, tu staccasti la bocca dal mio seno, mi guardasti lì, dove i bambini sanno che le mamme accatastano l'amore, e mi regalasti una mezzaluna sghemba tutta gengive e complicità.

«Ah», dissi, «adesso sì che ho capito.»

Il rapporto tra me e papà cambiò completamente dopo il tuo arrivo. Stavamo insieme da tre anni quando rimasi incinta e in quei tre anni la nostra relazione aveva lanciato l'àncora e attraccato in un punto a caso del nostro insieme. Eravamo felici ma non ci muovevamo. Non riuscimmo subito a trovare la giusta sintonia, ma si sentiva che eravamo destinati l'uno all'altra. Come quando peschi il tassello di un puzzle e, anche se non combacia con il resto, sai che quello è il suo posto, così lo giri e lo rigiri fino a quando non trovi il verso giusto d'incastro. Lui è sempre stato il punto fermo della nostra relazione, un uomo responsabile, lavoratore, con la testa sulle spalle e i piedi per terra; io, al contrario, ero la parte hippie della coppia, con tanti sogni per la testa e il sapone di Aleppo al posto del bagnoschiuma. Praticamente la tribute family di *Dharma e Greg*.

La tua intrusione ci rese una coppia migliore, anzi, la tua intrusione tirò fuori la parte di papà che non avevo ancora conosciuto. Vidi un uomo volenteroso, un uomo infaticabile, innamorato della famiglia, desideroso di fare, orgoglioso di essere padre e felice di essere parte attiva in questo nuovo nucleo. Lo dico e non me ne vergogno, papà è sempre stato un genitore migliore di me.

Riuscivo a vedere l'amore che provava per te incastonato nelle sue iridi quando ti guardava, la casa si riempiva del profumo della bellezza quando ti stringeva tra le braccia e ti guardava mentre ti addormentavi. Alcune volte ti ho anche un po' invidiata; io non ho mai potuto provare queste sensazioni, non ho ricordi del genere associati al mio papà, e forse è proprio per questo che ho deciso di regalarti il migliore sulla piazza, per potermi beare passivamente dell'amore paterno che aleggiava tra le nostre mura.

Ed è proprio in quella nuova dimensione che capii quanto fosse rilevante la presenza di papà nella mia vita: fino ad allora avevo fatto l'errore di dare per scontata la sua presenza. È un errore comune pensare che la persona che amiamo varcherà la soglia di casa tutte le sere, lo è fino a quando la sua mancanza non ci toglie il respiro. Così, ho imparato a celebrare ogni giorno della nostra vita insieme e ogni sera, quando ci corichiamo uno accanto all'altra nel nostro letto, ringrazio di aver avuto la possibilità di amarlo un altro giorno.

Da subito fu chiaro chi fosse il tuo preferito tra i due, e non ero io. Papà è stato il tuo primo grande amore e, anche se probabilmente passati i quindici anni lo odierai, ho le prove video che lo dimostrano.

Una sera, dopo che era rientrato tardi dal lavoro, cenammo insieme e lui si fece la doccia, poi ci mettemmo seduti sul divano. Tu avevi un temporizzatore in pancia che scattava non appena ci rilassavamo o ci trovavamo in situazioni disperate, infatti decidesti di riempire il pannolino pochi minuti dopo che ci eravamo tutti accoccolati sotto la copertina. Papà si alzò e andò a cambiarti, io restai lì a guardare la televisione.

Dopo qualche minuto iniziai a sentire un borbottio cantato provenire dalla tua stanza. Abbassai il volume della televisione e cercai di capire cosa stavate facendo.

Papà ti stava cantando la sigla dei *Pokémon* degli anni Novanta.

«...*girovagando per il mondooo, la mia sfera lancerò ed ogni Poké-mon così catturerooooò*...»

Mi avvicinai silenziosamente e sbirciai dal corridoio. Tu

eri ancora sdraiata sul fasciatoio, lui aveva tra le mani i tuoi piedini e li muoveva a tempo di musica mentre stonava un pezzo della sua infanzia con una distorta vocina infantile.

«*...viva i Pokémon, tosti e prorompenti, tutti differenti, gorachec-cemmòl.* CHEC CHEC CHEC!»

Presi il mio cellulare e feci un video, un video bruttissimo e di pessima qualità, dove si intravedono i mucchi della roba che ci era stata regalata che non avevo ancora trovato il tempo di sistemare e che giaceva in scatoloni sul pavimento, un video fatto a tradimento dove non si vede nient'altro che la schiena di papà, ma è uno dei ricordi più preziosi che ho di voi due.

Il ricordo più bello che ho di me e te, invece, fu la prima volta che ti cambiai il pannolino e tu non mi pisciasti addosso. Se ci penso mi commuovo ancora.

Un giorno, mentre rientravo a casa, passando davanti alla cassetta della posta notai che dentro c'era qualcosa. Cercai le chiavi e aprii lo sportellino.

Capisci di essere diventato grande quando, vedendo il tuo nome come destinatario su una lettera, invece di: "Che bello, chissà chi mi ha scritto" pensi: "E mo' che c'è da pagare?".

Su quella busta, invece, non c'era scritto altro che: «Ai genitori di Mya Dragin».

Salii in casa, mi tolsi la giacca e feci per aprire la lettera.

«Cos'è?» domandò papà.

«Non ne ho idea, dice solo "ai genitori di Mya Dragin".»

«Lo sapevo! Ce l'hanno scambiata all'ospedale e adesso ci chiedono di riportarla indietro.»

«Sicuro, questa non può essere nostra.»

Aprii la busta ed estrassi il contenuto.

Dentro c'era solo un foglio che ci comunicava la data in cui avremmo dovuto presentarci per il primo vaccino.

Fu la prima volta che mi venne il panico.

Ricordo quei dieci giorni d'attesa con l'ansia in gola, come se avessi dovuto portarti ad amputare un arto. Avevo letto cose terribili su internet e non sapevo se stessi facendo la cosa giusta. Mi ero informata su tutti i fronti, ma alla fine ero più confusa di prima. Fioccarono consigli da tutte le parti, tutti con inconfutabili prove scientifiche e con fonti attendibili, esperienze personali, dimostrazioni, tesi di laurea... Alla fine, stremata, chiesi il parere del pediatra che mi rassicurò e mi consigliò di fare i vaccini richiesti dal servizio sanitario.

Quella mattina arrivammo al centro vaccinale terribilmente in ritardo, solo perché avevo seguito la routine mattutina con volontaria flemma. Nella sala d'attesa c'erano decine di mamme che chiacchieravano amabilmente con le altre, come se fossero sedute al tavolino di un bar.

Solo io mi stavo cagando sotto.

Mi sedetti in disparte e attesi il mio turno, sentendo il panico crescere sempre di più mentre vedevo bambini ignari entrare felici in quella stanza e uscire urlando e dimenandosi.

Quando chiamarono il mio nome fui tentata di alzarmi e scappare, prendere un aereo e latitare per tutta la vita in Lapponia, invece mi alzai ed entrammo nella stanza delle iniezioni.

Dentro c'era un uomo seduto dietro a una grossa scrivania e due donne che trafficavano con delle siringhe accanto a un lettino.

Mi vennero fatte delle domande, poi mi chiesero di spogliarti e tenerti ferma sul lettino mentre loro improvvisavano un ridicolo teatrino con false moine e coccole doppiogiochiste.

A me sembrava di tradirti. Perché facevano finta di essere simpatiche e guadagnarsi la tua fiducia quando invece dovevano trafiggerti come una bambola vudù? Non potevano già presentarsi come due stronze malefiche? Almeno evitavamo false aspettative.

Nel giro di pochi secondi ti infilzarono con due siringhe e, prima che te ne rendessi conto, era già tutto finito.

Tu non piangesti, io sì.

Non ho esattamente afferrato il motivo, ma quando nasce un bambino, è importantissimo andare una volta al mese dal pediatra per fare il tagliando: non importa se sembra in perfetta salute, è doveroso portarlo in mezzo a una schiera di bambini malati per valutare se il peso ha raggiunto lo standard delle tabelle preconfezionate.

Devo ammettere che non ero così meticolosa con questa faccenda, e il pediatra mi fece alquanto pesare questo mio assenteismo ingiustificato.

Ogni volta che mi vedeva arrivare, inseriva il nome sul computer e poi faceva: «Eh eh eh, due mesi e sei giorni che non ci vediamo signora Sundas», e io iniziavo ad avere l'ansia già in sala d'attesa perché sapevo che mi avrebbe sgridata. Un po' come quando mia madre da piccola mi diceva: «A casa facciamo i conti».

I problemi iniziavano già all'ingresso. Mi chiedo perché, se voleva che frequentassi il suo studio bacilloso tutti i mesi, non facesse allargare quella porta maledetta. Esattamente come dovrebbe fare una mamma sovrappeso con un ovetto *new age* a passare attraverso una feritoia? Dovevo toglierti dall'ovetto, appoggiarti dentro lo studio, uscire a riprendere l'ovetto, lanciarlo dentro e poi entrare da sola camminando di lato perché dritta non ci passavo. Devo solo ringraziare «Focus» e quel rompicapo del contadino che deve trasportare un cavolo, un lupo e una pecora da una sponda all'altra del fiume.

La parte peggiore era senza dubbio l'attesa, che variava da un'ora a un lustro, da trascorrere in un ambiente delle dimensioni di un bagno chimico in compagnia delle più svariate forme virali nonché di batteri grossi come vacche che pascolavano nutrendosi delle vecchie copie di «Famiglia Cristiana» sul tavolino.

Se qualcuno mi rivolgeva la parola, rispondevo solo a muggiti per evitare di inspirare aria malsana.

«Chi è l'ultimo?»

«Mmm.»

Per non parlare di quando un bambino moccoloso si avvicinava per «vedere la bimba piccola» portandosi dietro una nube di Magellano di microbi. Ero quasi tentata di innalzare un perimetro di cavalli di Frisia attorno alla mia sedia per difendermi da questi attacchi mortiferi.

Nei giorni fortunati in un'oretta me la cavavo, altri trascorrevo l'intera mattinata a chiacchierare del tempo con un'*Escherichia coli* o uno streptococco.

«Bentornata, signora Sundas», disse il pediatra mentre entravo nell'ambulatorio, «come va? Come sta suo marito?»

Si ricordava bene di noi in quanto papà è stato a sua volta un suo paziente.

«Molto bene, grazie.»

«E la piccola Mya? Come andiamo con lei?»

«Be', fino a quando siamo entrati qui, bene, dopo si vedrà.»

«Si accomodi da questa parte che la visitiamo.»

Ogni volta ti pesava, prendeva le misure, controllava le ghiandole e qualche altra cosa a me ignota, infine tornava al computer e firmava il buono stato di salute. Praticamente ti faceva la dichiarazione di conformità.

«Mya è ormai abbastanza grande, possiamo quindi iniziare a darle la mela grattugiata», disse.

«Di già? Ma non è troppo presto?»

«È l'età giusta per iniziare lo svezzamento.»

"Certo, adesso le accendo anche una paglia e andiamo a farci due dita di Jägermeister."

«Preferirei aspettare almeno i sei mesi.»

«Be', la scelta è a sua discrezione, io posso darle solo dei consigli. Le lascio il foglio, poi veda lei.»

Quando tornai a casa ero assalita dai dubbi. Certo, io ero convinta della mia scelta di aspettare per lo svezzamento, ma d'altro canto lui era il medico e ne sapeva sicuramente più di me. Le nonne dicevano una cosa, le amiche un'altra, Google lasciava libera interpretazione…

Alla fine feci la cosa più sensata.

«Mya, ma tu la vuoi la mela?»

«Té!»

«È un sì?»

«Dà!»

«*Da* in croato vuol dire sì, e siccome sei mezza croata, questo lo prendo come un sì.»

Presi una mela, una grattugia e diedi il buongiorno all'acido lattico.

«Ecco la tua mela grattugiata!»

«…»

«Be'? Non la vuoi?»

Ne presi un cucchiaino e te lo avvicinai alla bocca, al primo contatto piangesti disperata.

«La mela ti fa schifo, quindi?»

«AAAAAAAAAAAAHH.»

«Vuoi la tetta?»

Il pianto cessò.

«Vuoi il latte, Mya?»

«Dà daà.»

Lo svezzamento fu rimandato a due mesi più tardi, quando il pediatra mi consegnò il decalogo del perfetto svezzatore con tempestine e crema di tapioca, e io, dopo averla preparata, la buttai e ti diedi i fusilli al sugo.

In realtà non era che la fase dell'allattamento fosse andata poi benissimo.

Si dice che allattare faccia perdere molto peso, in quanto

il corpo consuma cinquecento calorie in più per far funzionare bene la pressione dell'irrigatore, così, oltre ad avere due Tetrapack sul petto, nel giro di pochi mesi torni a essere magra come prima e anche di più.

Queste sono le cagate che si sentono dire in giro, cioè, è successo a tutti tranne che a me. Magari perché, nonostante i miei sforzi e tentativi, non sono mai riuscita ad avviare un allattamento esclusivo. Probabilmente il mio corpo, vedendo che la produzione della centrale del latte non veniva del tutto sfruttata, ha dovuto provvedere a mettere in cassa integrazione gli operai, diminuire la produzione e scaricare abusivamente il grasso non utilizzato nei condotti dei miei fianchi.

Io ce l'ho messa tutta per allattarti, ma credo che il problema fosse che non ho avuto il giusto sostegno e le conoscenze per farlo al meglio. Avevo anche comprato una specie di abbeveratoio pendente, strutturato in modo da avere un serbatoio con il latte artificiale al collo con due microcannule da appiccicare al capezzolo, così mentre ciucciavi la tetta prendevi anche l'aggiunta.

Quando fui sul punto di togliere completamente il latte artificiale, mi presi un'intossicazione alimentare e mi fu proibito di allattarti per una settimana. Quando potei ritornare a farlo, tu quasi mi ridesti in faccia.

"Ci hai provato, bella, ora vammi a preparare la pinta e vedi di non farmela bollente come l'ultima volta."

Quando fu il momento di iniziare a darti cibi solidi fu una grandissima rottura di palle, era finita la pacchia dei miei pranzi a piadine e pistacchi, mi toccò mettermi a cucinare sul serio, e lo sai che la mia cucina fa pietà.

Scelsi la via dell'autosvezzamento: in sostanza, ti davo piccole porzioni di cibo lasciando che ti gestissi da sola. Fu un successo: mangiavi tutto di gusto, anche le mie preparazioni peggiori. Un giorno feci la quinoa e faceva talmente schifo che io e papà non la toccammo neanche, tu mangiasti la tua e anche la nostra.

L'unico problema era che mangiavi con le mani come un'aborigena, e nel tragitto piatto-bocca metà del contenuto finiva su tavolo, seggiolone, tutina, e pavimento.

Una volta che iniziai a ingranare con la mia nuova vita da mamma, le cose migliorarono. Ormai riuscivo a cambiarti il pannolino in pochi minuti senza imbrattarmi fino al collo, avevo fatto di necessità virtù e avevo imparato a dormire nelle condizioni peggiori, il mio cervello si abituò anche al suono trapanante del tuo pianto isterico e imparai addirittura a schivare i frammenti di unghie che schizzavano come proiettili quando te le tagliavo. Anche i miei dolori articolari postparto si stavano assopendo, il tunnel carpale non mi dava più fastidio, le ossa non erano più tanto indolenzite e l'utero era tornato al suo posto facendo cessare le contrazioni.

Ricordo con commozione la prima volta che potei fare un lungo bagno rilassante in tranquillità, un momento memorabile che porterò nel cuore per sempre. Fino a quel giorno avevo fatto delle piccole conquiste nell'ambito della mia igiene personale, inizialmente mi lavavo i denti a giorni alterni e uscivo sul balcone quando pioveva per sfruttare l'acqua piovana come doccia (metodo già consolidato con l'auto), poi ero passata a lavarmi le ascelle con le salviettine umidificate e a cancellare i rivoletti di bava notturna con un dito insalivato, poi erano iniziate quelle docce espresse lunghe giusto il tempo utile a scaldare il biberon – praticamente mi svestivo in corridoio e passavo attraverso il getto d'acqua –, infine mi vennero concesse delle vere e proprie sessioni di bagno autonomo da usare a mia discrezione. Ovvero, avevo dieci minuti di tempo, come li usavo erano affari miei. Se volevo fare la cacca dovevo rinunciare a lavarmi i capelli, se invece rinunciavo alla cacca potevo anche mettermi il balsamo e mi restava qualche secondo per togliermi i capelli incastonati tra le chiappe. E poi arrivò il giorno del bagno.

Dopo una giornata terribile e sfiancante, dove lo stress aveva raggiunto livelli ultraterreni, non appena papà varcò la soglia di casa ti lanciai in braccio a lui urlando «TIENITELA TU QUESTA SANGUISUGA» e mi chiusi in bagno per mezz'ora. Riempii la vasca fino all'orlo, accesi una candela, misi la musica di sottofondo e avviai l'idromassaggio. Mi ero ritagliata un fazzoletto di Eden nella mia giornata infernale. Ma tutto andò a rotoli quando iniziò a giungermi dalla stanza accanto il familiare ronzio del tuo pianto inconsolabile. Avrei voluto ignorarlo e continuare a farmi gli affari miei, ma la consapevolezza del tuo malessere scarabocchiava la mia coscienza di pensieri accusatori e fui colpita da centinaia di proiettili sparati dalla cerbottana del senso di colpa. Spensi l'idromassaggio, chiesi a papà di svestirti e ti misi nella vasca con me, tu ti rilassasti nell'acqua calda, attaccata al mio seno, mentre la superficie si trasformava in una lastra piatta, increspata solo dal ritmico movimento dei nostri respiri. Ti osservai mentre ti addormentavi, consapevole che la temperatura e il sapone nell'acqua non erano adatti a una neonata, ma non potei fare a meno di godermi quell'idilliaco momento di pace fatto di nozioni sbagliate e polpastrelli rugosi.

Nei mesi a seguire iniziammo a riposare di più, ricominciammo a mangiare con entrambe le mani e uscimmo più spesso. Questo ultimo punto in realtà non era così facile. Anche se dovevamo uscire solo per una banale spesa, la faccenda durava un intero periodo quaternario.

Prima ti vestivamo e imbellettavamo con i vestiti della festa, visto che ce ne avevano regalati a tonnellate e usarli per la nanna pareva brutto, dopodiché ti piazzavamo in uno di quegli strumenti di intrattenimento oscillante tipo il dondolino o il tagadà, poi ci preparavamo mentre tu strillavi ogni volta che uno di noi scompariva dal tuo campo visivo, il quale, siccome avevi il collo senza colonne portanti, era limitato ai quattordici centimetri di fronte a te, infine, non appena eravamo tutti vestiti e pronti per uscire, attendevamo che scagazzassi i vestiti puliti fino alle scapole, per poi svestirti, lavarti e rivestirti daccapo.

Siccome sono stata anch'io una stronzetta adolescente, sono più che certa che un giorno, riguardando le tue foto da bambina, mi rinfaccerai gli outfit che sceglievo per te quando non eri ancora in grado di esercitare l'emancipazione. Sappi, piccola ingrata, che è praticamente impossibile riportare al colore originale un grazioso vestitino rosa scagazzato; per questo motivo a un certo punto ci siamo fatti furbi e ti abbiamo comprato solo vestiti marroni.

Una volta pronti per uscire facevamo l'inventario per essere sicuri di non aver dimenticato niente di prezioso, chessò, una maracas riempita con sonaglietti del demonio o lo scaldabiberon fotovoltaico per non rischiare di doverlo scaldare ad alitate o sotto le ascelle; seguiva un lungo processo di mummificazione in pachidermici tutoni da trenta libbre a tre fori (non chiaro se fossero per la testa e le braccia oppure per cuccioli di Cerbero), infine un plateale segno della croce e si varcava l'uscio.

Se c'era una cosa che non avevamo calcolato bene, erano le dimensioni del passeggino rispetto al bagagliaio della nostra auto. Un Monster Truck triruota sta al baule di una coupé come i saldi di Tally Weijl stanno al post-festività natalizie.

Per metterlo dentro dovevamo accartocciarlo, dislocargli le giunture, togliere una ruota e inserirlo in una precisa posizione con un margine d'errore di cinque millimetri, altrimenti non si chiudeva il portellone. Non è così terribile se vivi sulle coste del Salento, prova invece a eseguire il tutto sotto la pioggia e il clima continentale della Pianura Padana, mentre una coltre di pulviscolo di $CO_2$ e porporina di cilice fa le fusa ai tuoi bronchioli.

Si narra, secondo sacro testo apocrifo tramandato nei secoli trascritto su una salviettina Fria, chiuso in un Avent anticolica e lasciato naufragare attraverso i pelaghi, che i fanciullini in fasce si lascino cullare dal dondolio dei calessi concedendosi al sonno senza sopraffiato alcuno.

Stronzate.

Non appena ti legavamo sull'ovetto e uscivamo dal garage iniziavi a piangere a perdifiato fino a quando non raggiungevamo la destinazione, che è più o meno come estirparsi i timpani e infilarli in un Gratì. Portarti in giro in macchina è sempre stata una grandissima rottura di palle, a meno che non si andasse terribilmente veloce, in quel caso smettevi di piangere. Avevamo quindi due possibilità: rasarci i capelli a zero e guidare impennando ai semafori e facendo esplodere autoarticolati in corsa, oppure sopportare un Black and Decker nella tempia per tutto il tragitto.

Per ovvie ragioni scegliemmo la seconda possibilità, nonostante ci facesse scendere dall'auto con il cervello liquido e baciare l'asfalto una volta arrivati.

Il supermercato, o qualsiasi altro esercizio commerciale con merce posizionata in modo precario, presenta numerose insidie da affrontare se si viaggia con un passeggino da dodici quintali. È praticamente impossibile fare la spesa con un bambino piccolo da soli, perché nel seggiolino del carrello non ci può ancora stare, quindi, o con una mano spingi il carrello e con l'altra il passeggino seminando il panico come un Doblò in contromano sulla A4, oppure lasci stare il carrello e sotterri tuo figlio sotto alla spesa, che non è un'idea così malvagia come sembra, ma c'è da considerare che si ciuccerà metà del companatico. Sempre meglio affrontare la spesa in due, che già comporta notevoli ostacoli.

Innanzitutto per quale motivo mettono la roba che profuma proprio lì all'ingresso? Tu arrivi con la tua listina della spesa tutta eco-fanta-bio, perché ormai hai partorito da mesi e non puoi più dire che sei grassa perché poco tempo fa eri incinta, e *sbam!* odore di brioche appena sfornate misto a polli che arrostiscono, focacce che fumano e, ommioddio, i peperoni ripieni in offerta!

"E anche oggi si dimagrisce domani."

Uno degli altri grandi problemi del fare rifornimento di viveri con un bambino è che l'intero club del Beverly Inps ti placcherà per sbirciare nel passeggino. Mai incrociare lo sguardo con anziani sopra i settanta, perché avvicineranno la faccia al tuo bambino e si diletteranno in strilletti di entusiasmo conditi di sputacchini al Polident, per poi trattenerti dai trenta ai quaranta minuti per parlare dei loro nipotini.

Non dimentichiamo, poi, l'appuntamento fisso con la cacca outdoor. Sì, perché non importa quante volte il pargolo abbia già scaricato la merce durante la giornata, lo farà sicuramente anche mentre ti troverai in posti improbabili e nel bel mezzo dei momenti meno opportuni, tipo mentre stai battendo il PIN del bancomat.

Ricordo un sabato pomeriggio in cui uscimmo tutti e tre insieme per fare acquisti natalizi, andammo in uno di quei centri commerciali all'aperto, dove fa un freddo cane e bisogna prendersi a spallate con quelli che vengono nel senso di marcia opposto. Non avresti potuto trovare un momento peggiore per litigare con il tuo colon.

«Oh no!» dissi.

«Che c'è?» chiese papà.

«Guarda la bambina.»

«Oh merda!»

«Proprio quella.»

Avevi assunto i tipici connotati che caratterizzano il volto di papà quando vuole a tutti i costi portare tutte le buste della spesa su per le scale in un unico giro.

«Sta facendo la cacca?»

«Ma figurati Moreno, starà facendo gli esercizi di Kegel.»

«Eh?»

«Lascia stare, cerchiamo un bagno.»

Approfitto dell'occasione per lanciare un messaggio al geometra del centro commerciale di Biella: va' a farti fottere, amico.

Questi maledetti complessi commerciali sono strutturati in modo da destabilizzare orientamento e confonderti le coclee.

«È la terza volta che passiamo davanti a Foot Locker.»

«No, quello era Togo.»

«Ma va, Togo non fa le scarpe, fa i biscotti al cioccolato.»

«Ci siamo persi.»

«Chiediamo a qualcuno?»

«Ma a chi vuoi chiedere? Probabilmente sono tutti confusi come noi, guarda questo poverello, sarà qui dal duemilaecinque.»

«Proviamo ad andare di là, non ci siamo ancora passati.»

«Sì ma io ho paura di addentrarmi nell'ignoto, lasciamo il sentiero tracciato per poter ritrovare la strada del ritorno.»

«E con cosa lo segno, Moreno? Tiro fuori la tetta e dò una gettata di latte sulle vetrine?»

Dopo un'intensa ricerca trovammo finalmente il bagno, probabilmente l'unico del complesso, utilizzando la puzza della cacca come ariete sulla folla. Dentro c'era la densità di popolazione di Singapore in diciotto metri quadrati e l'intero ambiente era ridotto come la latrina della sagra della prugna.

Non sarebbe potuta andare peggio di così. Avrei voluto che fosse tutto uno scherzo, volevo avvicinarmi a qualcuno e dire: "Dai, dove sono le telecamere? Ciccio Valenti ti ho sgamato, esci".

Ma non era finita, perché esisteva un unico sudicio fasciatoio. Nello stramaledetto bagno delle donne.

«Che facciamo?» chiese papà.

«E che vuoi fare, entriamo insieme.»

«Ma non posso entrare nel bagno delle donne.»

«Me ne sbatto! Non me ne frega niente di questi retaggi

culturali di genere del feudalesimo, dove sta scritto che solo le donne cambiano i pannolini? Adesso entri con me e se qualche stronza ha qualcosa da dire la invito a darmi lei una mano a pulire 'sti tre etti di cacca lattea a presa rapida!»

Ovviamente nessuno si lamentò, probabilmente per paura.

Il fasciatoio poteva sembrare apparentemente pulito agli occhi innocenti di una nonmadre, ma a una primipara ipocondriaca come me fu subito evidente lo storico stercorario della superficie. A occhio e croce di lì erano già passate almeno sedicimila cacche.

Riflettei a lungo sul da farsi, e alla fine feci una delle cose che mi ha schifato di più in tutta la mia vita: mi tolsi la giacca e ce la stesi sopra. La mia giacca bianca.

Hai presente cosa vuol dire svestire un neonato in tenuta invernale, con tutta la sua stratificazione di flanella e poliestere, in un bagno sudicio dove ogni superficie presenta tracce di liquami indefiniti e con solo due mani a testa?

Ci infilammo roba in tutti gli anfratti: borsa in mezzo alle gambe, vestiti sotto le ascelle, pacco di salviette nell'incavo del collo...

«Potevi metterle addosso qualcos'altro, non saranno pochi sei strati più la giacca?»

«È inverno, siamo in Piemonte, fa freddo.»

«Ho capito, ma se la tagliamo a metà e le contiamo gli anelli viene fuori un'età secolare.»

Arrivati al pannolino, non avevamo più mani disponibili. Intorno a noi dozzine di donne facevano la coda per entrare nei bagni e l'ambiente era saturo di aria respirata e puzza di urina stagnante.

Tutte, nessuna esclusa, ci guardavano con sdegno misto a divertimento. La classica espressione dei meschini che notano qualcuno in difficoltà e si accomodano per vedere come ne verrà fuori.

«Pronto?»

«Vai.»

Con un gesto cauto sconfezionai il pacco e per poco non mi misi a piangere. Non ne avevi mai fatta così tanta in vita tua, era strabordata da ogni fessura.

«Lasciamo stare, Giada, lasciamola qui e facciamone una nuova. È ridotta talmente male che non ne vale la pena pulirla.»

Per un attimo valutai la proposta.

«Col pippo che mi faccio altri nove mesi di gravidanza! Apri l'acqua del rubinetto e senti se c'è quella calda.»

«No, è ghiacciata.» disse tenendo la mano sotto il getto.

Non mi feci scoraggiare e mi misi al lavoro.

Il cambio del pannolino in esterna è un processo complicato e macchinoso, soprattutto se la situazione è critica. È molto importante restare lucidi e visualizzare l'obiettivo seguendo le regole universali della cacca, perché esiste una specie di scaletta d'azione essenziale che viene trasmessa ai genitori da sempre, una specie di Stele di Caghetta.

Fu come un'operazione a cuore aperto.

«Manteniamo la calma. Salviette.»

"Salviette. Salviette. Salviette."

«Crema.»

"Crema. Crema. Crema."

«Pannolino.»

"Pannolino. Pannolino. Pannolino."

«Body.»

"Body. Body. Body."

Furono venti minuti di pura adrenalina, di quella che neanche a Gardaland. Uscimmo dal bagno sfiniti e vittoriosi.

«Ottimo lavoro, generale», mi disse papà tendendomi il cinque.

«Complimenti per il sangue freddo, cadetto», e feci schioccare la mia mano aperta sulla sua.

«Adesso dove andiamo?»

«A comprarmi una giacca nuova.»

Cominciammo a diventare davvero amiche quando iniziasti a comunicare vocalmente. Quei versetti sillabati erano qualcosa di meraviglioso, anche se sconnessi e insensati: finalmente mi davi delle reazioni vere, e le mie giornate si fecero più divertenti.

Iniziai a parlarti, cosa che prima facevo poco, a cantarti canzoni, a recitare filastrocche e a leggerti libri. Tu adoravi ascoltarmi parlare e io adoravo i tuoi «tette», «dadde», «memmemme».

Ci fu il periodo del «téh». Ogni volta che sentivi un suono, lo ripetevi con un «téh».

Quando mi arrivava un messaggio sul cellulare.

*Tlin.*

«Téh!»

Suonavano al campanello.

*Driiin.*

«Téh!»

Il campanile batteva le ore.

*Dong.*

«Téh!»

*Dong.*

«Téh!»

*Dong.*

«Téh!»

Le ciabatte facevano *sgnic* su pavimento, e a ogni *sgnic* un «téh», ogni volta che qualcuno starnutiva, a ogni *etciù* un «téh», ogni volta che ti chiudevo i bottoncini a pressione di una tutina, a ogni *clic* un «téh».

Poi passammo a «uch». Il periodo di «uch» fu il migliore in assoluto.

Sete? «Uch.»

Fame? «Uuch!»

Pannolino cagato? «UUUUUCH!»

Quando papà rientrava a casa la sera, non appena lo vedevi, iniziavi a sgambettare all'impazzata e a urlare «uch» a intermittenza.

«Papà è tornatoooo!»

«Uch! Uuuch! Egné, epappa, UUUUUCH! Uchuchuchuchuchuch...» fino a quando non ti prendeva in braccio.

La tua prima parola vera, collegata a un vero significato, fu «papà», seguirono «agua», «azzie», «brum», «pappa» e «a-a» che stava a indicare un'imminente espulsione puzzolente.

Nessuna traccia di «mamma», per attirare la mia attenzione preferivi strillare così forte da far vibrare i sismografi.

Però, ecco, me lo ricordo bene la prima volta che lo dicesti.

Eri in sala e stavi giocando tranquilla, io decisi di approfittare del momento di distrazione per andare in bagno. Mentre ero seduta a svolgere le mie faccende, sentii un verso. Un suono di sforzo. Mi ricomposi subito e venni a vedere cosa stessi facendo, mi avvicinai piano nascondendomi dietro la libreria e spiando quello che stava succedendo. Avevi per sbaglio infilato un piedino in un buco del tappetone, quelli fatti come grossi pezzi di puzzle con i numeri e le lettere, e ti stavi agitando per cercare di toglierlo. Provasti e riprovasti scuotendo i piedini poi, sull'orlo del pianto lo dicesti.

«Babba.» Era un verso piagnucolato.

Restai nascosta dietro la libreria.

«Babbaaaa!» Mi si strinse il cuore.

Uscii dal mio nascondiglio e ti abbracciai forte. Ero così felice. La mia bambina, la mia piccolina mi aveva chiamata, ed era stata felice di vedermi arrivare. Da quel giorno il grosso serbatoio dell'amore che provavo per te si riempii un altro po', giorno dopo giorno stavi conquistando il mio cuore.

Almeno fino al momento in cui non iniziasti a muoverti. Il passaggio da passiva ad attiva fu davvero repentino, nel senso che un attimo prima eri immobile, quello dopo ti stavi ciucciando un angolo a caso della mobilia.

Ecco, vorrei porre un momento l'attenzione su questa ridicola fase dell'infanzia, quella in cui i neonati non hanno ancora una buona padronanza delle movenze degli arti, così, mentre scuotono un sonaglietto come menestrelli, se lo sbattono in testa per sbaglio e poi ti guardano confusi.

Scuoti, scuoti, scuoti, *sbam*!

"Che cacchio è stato?"

Scuoti, scuoti, scuoti, sghignazzi di giubilo, scuoti, scuoti, *sbam*!

Espressione tradita.

"Come puoi permettere che mi faccia questo, madre?"

Attimi di indignazione e poi di nuovo scuoti, scuoti, scuoti…

Un giorno ti misi seduta nell'angolo del divano, con l'ingenuità di chi non conosce ancora bene i bambini, ti circondai di giocattolini e mi misi a stirare i panni poco lontano. Ogni tanto buttavo l'occhio per essere sicura che non ti stessi ciucciando la mano troppo intensamente fino al gomito.

Entusiasta della buona riuscita dell'esperimento, provai ad allontanarmi dal tuo campo visivo per vedere la tua reazione.

Niente. Continuavi a smanettare con i tuoi giochini senza preoccuparti troppo del background.

"Dio mio, Giada, ti rendi conto che in questo momento potresti fare qualsiasi cosa? Tipo, chessò, fare la cacca da sola? O sdraiarti a leggere? Farti un panozzo? Perché sprecare questo prezioso tempo stirando?"

Strisciai schiena al muro fino in cucina e decisi di sfruttare quel momento per iniziare a preparare la cena.

La magia durò poco, perché mentre affettavo una cipolla udii un tonfo sordo venire dalla sala.

*STUMP.*

Silenzio.

«UUUEEEEEEEEHH.»

Mollai tutto, corsi come una dannata e ti trovai ai piedi del divano in un pianto disperato.

"Ecco, sicuro adesso è rimasta storpia."

Ti raccolsi e ti strinsi forte per rassicurarti, riflettendo sul da farsi.

Chiamare il pediatra? Andare al pronto soccorso? Prenotare per Medjugorje?

Nel frattempo avevi smesso di piangere ed eri tornata al tuo infantile cazzeggio, come se niente fosse successo.

Mi sedetti al computer e cercai su Google "cosa fare se un bambino cade".

Mi rivolgo a tutti i genitori e a quelli che prevedono di diventarlo nel prossimo futuro: non fatelo.

Lessi cose terribili che mi fecero salire l'angoscia, tanto che decisi di chiamare immediatamente il reparto pediatrico dell'ospedale in preda alla tachicardia.

«Pediatria buonasera», rispose una voce femminile.

«Aiutatemivipregohomenomatomiafiglia!»

«Non ho capito niente signora, si calmi e parli piano.»

«La mia bambina è caduta dal divano.»

«Quanto ha la bambina?»

«Ha otto mesi. Mioddio, morirà?»

«Ne dubito fortemente. Cosa sta facendo in questo momento?»

«Sto parlando al telefono con lei.»

«Intendevo la bambina, signora. Cosa sta facendo la bambina?»

«Ah, è seduta che gioca.»

«Ha riportato ferite alla testa?»

«No.»

«Ha rossori o gonfiori?»

«No.»

«Ha vomitato?»

«Emmm, no.»

«Le sembra sonnolenta?»

«No, ma non lo è mai stata, se mi dice che potrebbe essere un effetto collaterale, la faccio cadere ancora.»

«Bene, sembra che non ci siano motivi di allarme, la tenga sotto osservazione nelle prossime ore, se dovessero presentarsi questi sintomi o comportamenti diversi dal solito, ce la porti.»

«Quindi sto tranquilla?»

«Può stare tranquilla.»

«Ah. C'è qualcos'altro che dovrei sapere?»

«Nessuno lo dice, ma succede quasi a tutti.»

Quando iniziasti ad avere un po' più di padronanza dei movimenti, il tuo gioco preferito divenne il dito a serramanico.

Estraevi l'indice e lo tenevi esposto per tutto il giorno, infilandolo qua e là ogni tanto, soprattutto negli occhi e nelle narici altrui, offendendoti quando non ti veniva permesso.

In quel periodo iniziammo a frequentare un bimbo poco più grande di te, Simone, ma siccome tu avevi iniziato a gattonare, lui si spaventava e non voleva giocare con te. La cosa ti intristiva parecchio, perché tu volevi giocare con lui, ma lui scappava terrorizzato quando ti vedeva strisciare come un basilisco.

«Mya», ti disse una sera papà, «non essere triste se gli altri bimbi non vogliono giocare con te, papi lo sa che quando ti avvicini a loro, lo fai solo con la buona intenzione di mettergli un dito nell'occhio.»

L'ora della nanna iniziò a diventare più leggera quando smisi di allattarti, a nove mesi.

Tutte le sere ti mettevo nel tuo lettino e ti cantavo *Il ragazzo della via Gluck* e *La gatta* di Gino Paoli, oppure ti raccontavo una storiella che improvvisavo ogni volta. Un giorno ne inventai una che ti piacque talmente tanto da diventare la favola fissa della buonanotte, era la storia del *Pruppo ch'i patati*, che narrava le vicende di un giovane polpo del mar Mediterraneo innamorato di una bellissima seppia, che un giorno venne catturato da Tano, un pescatore con la fiocina, e sua moglie lo fece con le patate.

So che così potrebbe sembrare una storia triste, ma in realtà ha un lieto fine, infatti Concetta quel giorno fece anche il riso con le seppie, e indovina un po' chi era la seppia? Così il pruppo e la seppiolina si rincontrarono nei loro stomaci e vissero per sempre felici e contenti.

Insomma, Gianni Rodari chi?

Una domenica successe una cosa strana: aprii gli occhi alle nove e sentii silenzio. Accanto a me papà dormiva beato.

Non appena riuscii a mettere a fuoco la situazione, mi tirai su in preda al panico.

«MORENO LA BAMBINA È MORTA!»

Fece uno scatto e balzò seduto dallo spavento.

«Che succede?» disse con la voce rauca.

«È morta! La bambina è morta!»

«MA CHE COSA DICI SEI IMPAZZITA MA SCHERZI MA COSA?»

«Sono le nove del mattino Moreno! LE NOVE DEL MATTINO.»

«OMMIODDIO È MORTA!»

Ci lanciammo giù dal letto e ci fiondammo in camera tua, tu eri bella tranquilla che sonnecchiavi tutta accartocciata nella posizione del pretzel.

«Che cosa significa tutto questo?» chiesi.

«Non ne ho idea, la svegliamo?»

«Dici che è il caso? Magari ha solo deciso di smettere di svegliarsi e dormire tutta la notte.»

«Impossibile, saranno entrati i ladri e le avranno spruzzato qualche sonnifero.»

«Allora speriamo che tornino anche domani.»

Non tornarono. Quella fu una perfida illusione che ci fece credere che fossero finiti i giorni delle occhiaie, dei «sshh», dei «ninnananna ninna oh, questa bimba a chi la do».

Invece riprendesti a svegliarti, anche se sempre meno frequentemente e per pochi istanti. Capitava che nel cuore della notte, d'improvviso, un terrificante latrato squarciasse il silenzio.

«Ehcfé.»

Silenzio. Che nessuno si muova.

«Ehcfé.»

Sembravano colpi di tosse.

«Ehcfé ehcfé ehcfé.»

Muti, fino a quando non partiva il vero pianto ci si cullava sull'illusione che fosse solo un momento di passaggio.

«Ehcfé ehcfé ehcfé ecfé.» Silenzio di rincorsa. «UUUEEEEEH.»

Niente, ci avevo sperato fino alla fine.

Una coccola, una carezza, un «shhh» e si tornava da Morfeo per un altro paio di ore, poi si ricominciava.

«Ehcfé.»

Dieci mesi. Trascorsi dieci lunghissimi mesi senza concedermi un'uscita che non fosse fare la spesa o pagare le bollette, poi, una sera, un'amica mi chiamò e mi chiese di andare a cena con lei.

Quasi mi commossi: da quando ero diventata madre, la maggior parte dei miei amici aveva preso il volo e non mi considerava più, dando per scontato che ormai avevo una figlia e la mia vita si era impantanata lì.

Dapprima non presi minimamente in considerazione la cosa; uscire a cena e lasciare la mia bambina da sola era un comportamento irresponsabile. Poi papà mi fece presente che eri anche figlia sua ed era perfettamente in grado di prendersi cura di te.

Ci pensai a lungo, non sapevo cosa fare e quale fosse la cosa giusta da fare. Negli ultimi dieci mesi eri stata con me e nessun altro, sentivo che lasciarti per uscire avrebbe fatto di me una pessima madre, un'egoista che pensa solo a sé stessa; d'altro canto ero mentalmente provata e uscire mi avrebbe fatto resettare il cervello.

Accettai con un misto di ansia ed emozione, come quando i genitori ti lasciano uscire da sola per la prima volta.

Passai una serata meravigliosa, in cui finalmente dopo mesi mi sentivo di nuovo responsabile di me stessa e nessun altro.

«Come sta la bambina?» mi domandò la mia amica mentre cenavamo.

«Quale bambina?»

«Ma come quale bambina, tua figlia!»

«Ah! Sì, sta benone.»

"Cazzo, è vero, ho una figlia."

Rientrai a casa alle undici e ti trovai impigiamata e addormentata nel tuo letto, con la casa ordinata e papà sul divano a guardare la televisione.

«Com'è andata? Ti sei divertita?» mi chiese.

«Molto. Qui invece com'è andata?»

Estrasse il cellulare e mise in riproduzione un video. Eri tu che muovevi i tuoi primi passi, l'unica volta che ti avevo lasciata per uscire. Il mio sesto senso aveva ragione, pensai, quello che mi suggeriva di non uscire, che il mio dovere era a casa e io avrei dovuto essere lì. Invece mi ero concessa egoisticamente del tempo per me e avevo perso uno dei momenti più belli della tua infanzia.

Guardandomi indietro mi accorgo di quanto fossi dura con me stessa, di quanto la pressione sociale del mio ruolo mi avesse fossilizzata in confini inesistenti. Soffrii molto per quella mancanza, senza rendermi conto che i passi più importanti non erano i primi, ma i primi che avresti fatto verso di me.

Ora, ci sono diverse cose che passano per la testa di una madre quando il suo bambino inizia a camminare. Il primo giorno è tutto un giubilo, tutto un «ommioddio il mio cucciolo è bravissimo», dopo tre giorni si vira più sul «oh accidenti, è la terza volta che ti lussi la spalla oggi, stai più attento», dopo dieci giorni si passa a cucinare solo al microonde in quanto tutti gli sportelli e i cassetti della casa sono sigillati con il nastro adesivo da pacchi.

Devo ammettere che inizialmente ero ansiosa di vederti camminare. In realtà ho passato molto tempo ad aspettare tutte le fasi evolutive: non vedevo l'ora che passasse il primo mese per rimettermi in sesto, invece non cambiò nulla; non vedevo l'ora che iniziassi a mangiare cibi solidi, invece era più comodo darti solo il latte; non vedevo l'ora che iniziassi a stare seduta da sola e a concentrarti sui giochini, invece la tua attenzione era di trentadue secondi; non vedevo l'ora che camminassi così da staccarti da me e avere un po' di respiro, invece dovevo rincorrerti per evitare che ti spaccassi la faccia o che buttassi qualcosa nel gabinetto.

Un giorno comprai dei paraspigoli di silicone e ci coprii tutti e quattro gli angoli del tavolino del salotto, ma tu ne staccasti subito uno che non riuscii più a riattaccare. Girai il tavolino con l'angolo esposto in modo che fosse quello meno trafficato, invece, indovina dove sbattevi sempre? Provai a girarlo con l'angolo dall'altra parte e, indovina? Sempre lì. Ho girato quel tavolo in tutti i versi, ma la tua testa finiva sempre su quello spigolo. Davvero non so come fai a non avere il cranio forellato.

Quello che non sapevo era che fino a quel momento avevo affrontato la parte facile della faccenda. Il peggio arriva proprio lì, quando hai per casa un pazzo alto ottanta centimetri che ha appena scoperto che i piedi non stanno lì solo per ciucciarseli ogni tanto, e che non trova intrattenimento migliore che oscillare su liane di cavi di un qualsiasi elettrodomestico oppure aprire un cassetto e travasarne il contenuto a terra per il mero piacere di esplorarne il fondale. Dovetti iniziare a fare quelle cagate sensitive che si trovano su Pinterest, che dalle foto sembrano meravigliosi momenti ludici madre-figlio, dove con qualche ciotola, una manciata di ceci secchi e coloranti alimentari costruisci un sapientino McGiveriano e Montessori approved (perché un qualsiasi balocco Clementoni da otto euro è da mammedimmerda), ma che nella realtà si trasformano in veri e propri scenari di guerre sanguinarie. Giuro che ci misi tutta la mia buona volontà ad organizzare attività educazionali con il feltro, la sabbia e i flaconi vuoti dello Splend'Or, ma queste cagate da supermamma necessitano di ore di preparazione (durante le quali tu eri allo stato brado e distruggevi tutto) per poi presentare l'attività a un bambino con la capacità d'attenzione di un cacomela, che ne seguirà la logica per pochi istanti per poi sbrindellare il tutto e disseminarlo per tutte le superfici orizzontali e verticali, altro che motricità fine. Alla fine toccava pure pulire. D'accordo, forse quelle attività avrebbero stimolato i giusti meccanismi cerebrali fini ad attivare quei processi indispensabili per i tuoi successi futuri, ma vorrà dire che mi accontenterò di un sette in matematica e di una laurea in sementi di radicchio, anche se sono certa che nessuna mistura di amido di mais e detersivo per piatti ti avrebbe aperto le porte per l'ingegneria aerospaziale, anzi, un cagnolino che cantava *Splende splende la stellina che lontana par vicina* non era forse più esplicativo sulle nozioni astronomiche?

Ti lasciai in balia dei giocattoloni di plastica, di quelli educativi per sentirmi a posto con la coscienza, che suonavano continue canzoni e filastrocche sui numeri o in inglese. Che poi, perché questa smania di insegnare l'inglese ai bambini già in tenera età? È meglio insegnargli lingue che saranno utili nella vita, tipo lo svedese, così potranno pronunciare in modo dignitoso i nomi dei mobili Ikea.

La nonna Francesca era una vera campionessa a scovare i peggiori giocattoli del demonio, che suonavano e cantavano al volume degli Slipknot live. Ti regalò un'odiosa tastierina musicale che suonava alcune melodie e faceva i versi degli animali e, per non farci mancare nulla, faceva anche le melodie con i versi degli animali. Immagina otto ore di *When*

*The Saints Go Marching In* suonata a grugniti di maiale o nitriti di cavallo.

Poi venne il momento del cagnolino a traino, che quando lo tiravi in giro per casa abbaiava e faceva una musichetta martellante. Il problema di quel cagnaccio schifoso era che a volte si incantava e, anche senza toccarlo, suonava ininterrottamente.

Ci fu la lavagna che «A come albero, in inglese si dice *ciuì*. *CIUÌ!*», il tavolino multiattività con trenta diverse canzoncine, e infine arrivò Buchi. Noi lo chiamavamo Buchi ma non abbiamo mai saputo il suo vero nome. Era davvero il regalo peggiore che si potesse fare a una madre, e la nonna Francesca ne era anche molto soddisfatta.

Buchi era un robottino stronzo che diceva cose senza senso, tipo «BIT BOT BUCHI QUANDO DICO BUCHI BATTI BATTI», «IL BALLO DELLA STATUAAAA», «FAI UNA MOSSA YEAH!».

Avrebbe dovuto essere un giocattolo educativo, ma davvero non riuscivo ad afferrare cosa ci fosse di educativo in un alieno con la testa catodica che se gli schiacciavi il pancino registrava quello che dicevi e lo ripeteva cantandolo. A quanto pare quel pancino era bello da schiacciare, perché per mesi mi subii ore di «Quando il mio pancino diventa ross… Quando il mio panci… Qua… Quando il mio pancino di… Quando il mi… Quan… Quaquaquando il mio pa…».

«MYYYYAAAA! LASCIAGLI FINIRE 'STA FRASE!»

"Quando il mio pancino diventa rosso, di' qualcosa e io lo canterò!"

«Cacca!»

E via a subire ore di canzoni con «cacca» come ritornello.

La mia vendetta la ebbi quando iniziasti a parlare un pochino meglio e provavi a ripetere quello che ti dicevo.

«Mya, sta arrivando nonna Francesca.»

«Nona Cessa!»

"Tié, prendi e porta a casa."

Una volta appurato che entrambe saremmo sopravvissute

anche se non avessimo svernato in esilio nel nostro castello sorvegliato da un drago, io e papà decidemmo di concederci una giornata di relax da soli. Insomma, io ne avevo decisamente bisogno, le mie giornate prodotte in serie, limitate a dibattere temi come «di chi sono queste cosciotte?» e a spernacchiare pancini, iniziavano a dare i primi requisiti per un TSO. Nonostante tu fossi un po' più grandicella e avessi iniziato a essere un pochino più autonoma, io non avevo comunque un minuto di libertà. Dovevo starti sempre dietro per controllare che non trovassi un modo creativo per farti male con gli oggetti più improbabili, oppure che non distruggessi qualcosa o ti tirassi addosso qualche mobile. Nei pochi attimi di distrazione mi capitò di trovare un calzino pinzato tra i cassetti della cucina, un calzino mai visto prima, oppure di trovarci una cipolla dentro. Al calzino.

Infilare le cipolle nei posti nascosti della casa era il tuo gioco preferito, alcune le abbiamo ritrovate poi grazie alla tundra che ci era cresciuta sopra e che aveva ramificato fuori dal nascondiglio, altre le stiamo cercando ancora adesso.

Una bella mattina, però, ti lasciammo dalla nonna e andammo a trascorrere la giornata alle terme.

«Oooh, vieni qui patatina della nonna. Finalmente ti posso spupazzare tutto il giorno!» disse nonna Francesca mentre ti prelevava dalle mie braccia.

Le fazioni contrapposte della mia coscienza si guardarono di sottecchi.

"Dobbiamo dirglielo", fece l'onestà.

"Naaa, lascia che lo scopra da sola", ribatté la perfidia.

"Dai, potrebbe non farcela."

"E rischiare che cambi idea e decida di non tenercela più?"

" Be', magari diciamole solo una mezza verità."

"La giornata relax andrebbe a farsi benedire."

"Hai ragione, non diciamole niente."

«Il latte, il cambio e tutto il necessario sono nella borsa. Io vadociaooo!» Chiusi la porta e scappai di corsa.

Mentre viaggiavamo attraverso le montagne valdostane, immersi nella magia bianca dell'inverno, accompagnati da un silenzio ormai dimenticato, pensai che mia madre non sarebbe più stata la stessa dopo quella giornata.

Di quel giorno alle terme ricordo chiaramente che l'intenzione era quella di metterci a lessare in grossi catini di acqua bollente, cuocerci al Varoma in saune da ottanta gradi, sonnecchiare su viscidi materassi ad acqua, sgranocchiare carotine e sorseggiare tisane dall'odore di piedi, non pensare a nulla e tornare a casa con i polpastrelli rugosi. Invece fu tutto un «chissà che fa Mya», «avrà mangiato?», «non è che non si accorge che ha fatto la cacca e le viene il culo rosso?», «le mancheremo?».

Nel pomeriggio trovammo una meravigliosa sauna secca al fieno, una stanzetta di legno che profumava di campagna e con una temperatura piacevolissima in confronto a tutte le altre.

Dentro c'erano poche persone ma l'unico posto a sedere che trovammo fu proprio davanti alla porta d'ingresso, una piccola porticina a vetri che dava su un lungo corridoio.

Ci accomodammo sulla panca e ci rilassammo nel silenzio e nella meravigliosa sensazione di relax data dalla musica flebile.

Dopo pochi minuti dal nostro arrivo, vedemmo un ragazzo arrivare deciso dal corridoio verso la porta: noi eravamo proprio di fronte, quindi assistemmo alla scena in diretta.

Il ragazzo si spalmò con tutto il corpo contro il vetro. L'impatto fu talmente forte che la faccia si appiccicò alla porta appiattendosi sulla superficie e dandoci un completo spettacolo delle sue narici.

Ci mise un attimo a scollarsi dal vetro, tanto da lasciarci impressa una sindone di sebo e muco. Si ricompose ed entrò dentro la sauna un po' imbarazzato con un «oh accidenti».

Scorsi velocemente i volti dei presenti alla ricerca di qualcuno che si sentisse come me. Nessuno. Tutti serissimi e comprensivi del fatto che sono cose che succedono.

Io stavo implodendo dentro. Iniziai un esercizio di respirazione per ricompormi, lasciarmi l'episodio alle spalle e comportarmi da persona adulta qual ero. Ma sentivo di stare per fallire.

"Andiamo Giada, pensa a qualcosa di brutto, concentrati."

Un angolo della mia bocca fece cenno di sollevarsi. Espira, inspira, espira, inspira...

"Dentista. Fiatella mattutina. Pannolini sporchi. Sottilette nella parmigiana."

Stava funzionando. Espira, inspira, espira inspira...

"Gabinetto dell'Autogrill, Brandon Lee è morto, raccomandata verde."

«Ehi», la voce di papà era un sussurro nel mio orecchio, «l'hai visto quello?»

Merda.

"Infradito con le calze. I Guns N' Roses si sono sciolti."

«Hai visto che botta?» continuò.

Provai a ignorarlo. Inspira, espira, inspira, espira...

«Sembrava avesse le ventose.»

Dal naso mi uscì un suono gutturale.

«Tra un po' spaccava il vetro.»

Un verso acuto lasciò la mia bocca e occupò la pace della stanza.

«SMET-TI-LA», sillabai con la bocca, ma ormai era troppo tardi: non appena i miei occhi incontrarono i suoi, scoppiai a ridere sonoramente.

Tutti i presenti mi trafissero con lo sguardo, l'armonia della pace fu spezzata dal disappunto.

Starnazzando come un'oca mi alzai di corsa e feci per uscire dalla stanza ma cercai con insistenza di aprire la porta a spinta tirandola, ridendo sempre più forte e perdendo sempre di più il controllo sulle mie azioni. Ormai gli occhi erano persi in un naufragio di lacrime.

Riuscii ad aprire la porta e scappai fuori correndo, mi allontanai il più possibile e mi nascosi dietro a una colonna. Non credo di aver mai riso tanto forte. Papà mi raggiunse subito dopo e insieme ridemmo per almeno un quarto d'ora.

«Adesso che facciamo?» disse non appena si ricompose.

«Dobbiamo scappare, non possiamo più stare qui.»

«Svignamocela prima che escano gli altri.»

Corremmo fuori dal nostro nascondiglio e raggiungemmo lo spogliatoio. La nostra giornata di relax era finita, anche se nel migliore dei modi.

Quando tornammo a prenderti trovammo la nonna accasciata sul divano, con un'espressione che parlava da sola. In casa vigeva il caos più totale, neanche quando ci vivevo io era mai stata così.

«Allora, com'è andata?» le chiesi.

«Mi sono ricordata perché sei rimasta figlia unica.»

«Ha mangiato? Fatto la cacca? Dormito?»

«Siamo andati al ristorante, lei ha mangiato, io no. Fatto la cacca? Proprio mentre il cameriere portava il mio piatto. Dormito? Mai. Neanche per sbaglio!»

«Be', meglio di quanto pensassi.»

«Riprenditela e non tornate mai più. E guai a te se ne fai un altro, io due così non te li terrò mai!»

Improvvisamente, senza quasi che me ne rendessi conto, arrivò il giorno del tuo primo compleanno.

Potessi, tornerei indietro e direi alla me stessa del passato di prendere quella bambina e stritolarla con tutte le forze, perché non sarà mai più così; anche se la me stessa del passato non vedeva davvero l'ora che non fosse più così, che crescesse, che smettesse di dipendere in tutto e per tutto da lei, le racconterei che il tempo è così famelico che un giorno si ritroverà con gli occhi annegati in un oceano mentre scorre le vecchie foto, rimpiangendo di non essersi goduta appieno quei momenti, sperando invece che passassero in fretta.

Il tuo primo compleanno mi provocò emozioni contrastanti, felicità e malinconia. Stavi crescendo e ogni giorno mi mostravi un nuovo progresso. Mi complimentai con me stessa quel giorno, perché avevo fatto tanti errori in quei trecentosessantacinque giorni, però tu eri ancora viva e sana, quindi non ero poi così malaccio come madre.

Ormai potevi mangiare di tutto, quindi un giorno decisi che sarei diventata una madre migliore facendo un salto di qualità: presi la definitiva decisione di diventare una di quelle madri modello che si dilettano in preparazioni culinarie ecobio a chilometro zero.

Il problema è che io cucino con amore e con passione, ma questo non è sufficiente per rendere i miei piatti degni di essere mangiati. Inoltre sono una di quelle persone totalmente incapaci di assicurare la vita a una qualsiasi pianta, ma con i baobab sulle patate.

Mi iscrissi a tutti i gruppi online di cucina, convinta che questo mi avrebbe aiutata a presentare in tavola qualcosa di meglio degli gnocchi alla sorrentina surgelati e delle Panatine, invece mi spinse a perdere un sacco di tempo in ricette assurde composte da ingredienti inesistenti. Non sapevo fare niente, ma mi lanciavo comunque in goffi tentativi con le ricette più difficili come le frittate vegane o le zucchine ripiene di loro stesse su consiglio della mia amica Emma, che sostiene l'*healthy lifestyle* e fa queste ricette disgustose che non ti fanno morire di cancro ma ti fanno rimpiangere di essere nato, tipo melanzane cotte ad alito di unicorno o minestroni che sembrano essere già passati per tutti i processi digerenti. Le zucchine ripiene di loro stesse furono un successone, le tagliai, le svuotai e le riempii di nuovo. Poi passai a preparazioni più complicate.

«Amore, stasera a cena mangiamo finferli in salsa di topinambur su letto di foglie di shiso», dissi un giorno al telefono con papà.

«E che cosa sarebbero?»

«Non ne ho idea.»

«Passo a prendere il cinese prima di venire a casa?»

«PERCHÉ, PENSI CHE MI VERRÀ UNO SCHIFO?»

«No, no assolutamente. Mi fido di te.»

Cercai la ricetta e la lessi con attenzione.

"Mbe'? Che ci vuole? 'na cazzata."

Aprii la dispensa e feci un veloce inventario degli ingredienti.

"I finferli che saranno? Un tipo di pasta? Come i fusilli? O magari un tipo di sottaceti, come le cipolline borettane. Aaaah, ho capito, sono fagioli! Va be', c'ho i cannellini Selex, andranno bene uguale."

Rovistai ed estrassi una lattina di fagioli dalla dispensa.

"Poooi, topi d'Ambur. E chi c'è mai stato ad Ambur? Al massimo a Borghetto Santo Spirito. Ma proprio d'Ambur devono essere 'sti topi? E se pesco una nutria nella Dora, che tanto sono della stessa famiglia? Dai, va be', stavolta i topi non li metto, faccio la versione vegan."

Feci scorrere la ricetta e continuai a leggere.

"Foglie di shiso. Eh, anche qui andiamo male, in questo periodo dell'anno gli unici alberi che hanno le foglie sono i pini. Va be', chiamo Moreno e gli chiedo di fermarsi alla Tamoil a prendere un Arbre Magique verde."

Con gli ingredienti c'eravamo, il problema era il metodo di cottura.

"E mo' cos'è 'sto *slowcooker*? Ma come sei ore di cottura? Io non ce l'ho una di queste bacinelle termocuocenti a rilascio graduale. Momento, momento, momento… Ideona. Piazzo la pentola sul motore della Clio e chiudo anche il garage, così l'antiparticolato gli dà quel tocco fumé di 10w-40."

Mi tirai su le maniche e raccolsi tutto il mio entusiasmo per iniziare a preparare la cena migliore che avessi mai fatto.

Sul tavolo della cucina giaceva, tutta sola e impaurita, nient'altro che una latta di fagioli da discount. Ci guardammo a lungo, poi presi il cellulare e digitai un messaggio.

*Per me involtini primavera e gnocchi di riso.*

A oggi, l'unica cosa buona che posso affermare di averti dato da mangiare è la mia famosa focaccia. Non c'è niente che io sappia fare meglio, addirittura la mia ricetta è stata diffusa nel web e riprodotta con successo da molte massaie.

Però, ecco, c'è un motivo se si chiama La Schifocaccia. Per il suo sviluppo sono state impiegate tonnellate di manitoba e i frantoi hanno dovuto fare gli straordinari. A ogni nuovo tentativo, quando la sfornavo, da qualche parte un panettiere genovese moriva. Per lo stesso principio per cui il battito d'ali d'una farfalla scatena un uragano dall'altra parte del mondo, ogni mio tentativo di focacciare innescava un ictus in un povero genovese.

Ho provato tutte le ricette, dai ricettari classici a quelli online, Giallozafferano, Mysia, suor Germana, Enrico Papi, Geronimo Stilton… Niente. Se una qualsiasi Caterina di Catanzaro, il dieci agosto, si metteva a impastare la focaccia sulla Salerno-Reggio Calabria con la benna di una ruspa e metteva a cuocere sul radiatore in ebollizione della Duna, veniva meglio della mia. Ogni volta che aprivo uno di questi gruppi di cucina mi comparivano foto di teglie piene di impasti gonfi, unti, croccanti e virili, chiedevo la ricetta e voilà, una sbobba gommosa o alta sei millimetri.

Sono giunta alla conclusione che mi stessero nascondendo qualcosa, non poteva essere altrimenti. Ero sul punto di studiarmi un attacco terroristico alla Liguria, mi sarei aggirata per le città a seminare il panico con le cesoie potando il basilico, a nascondere pestelli e scuocere pansotti.

E le lasagne? Uno schifo. Anche lì, un bolognese moriva ogni volta che mettevo su una pentola con il ragù. Ma poi per quale motivo fanno le sfoglie così spigolose? Produttori di lasagne, fate una bella cosa, mettetevi in contatto con i produttori di teglie, chessò fate una conference call con Skype o una riunione con la lavagnetta e i grafici a torta, e mettetevi d'accordo: o fate le sfoglie già smussate o le teglie ad angoli retti, perché qui ce semo rotti er cazzo di giocare a Tangram.

Alla fine papà si convinse, sotto mie insistenti richieste, e mi comprò il Bimby. Che tenera che ero a pensare che da lì in poi avrei fatto grandi cose… ero talmente entusiasta che iniziai a produrre cibo di ogni tipo, anche perché è uno strumento antiscemo, a volte sembra pure che ti prenda per il culo.

"Metti cento grammi di farina. Vai, ancora un po', ancora un pochino, BOM BOM BOM! Troppa, togli un po', ecco, perfetto. Ora chiudi il coperchio, chiudilo bene eh, sennò non parto. Brava. Adesso gira quella manopolina là, schiaccia qui, fai una giravolta, falla un'altra volta…"

Ammetto che c'è stato un periodo, dopo che hai passato l'anno di età, in cui avevi iniziato a dormire fino a tardi la mattina, e per tardi intendo comunque non dopo le dieci. Io, pigra come non mai, iniziai a prendere il giro con questi orari e diventai una cozza. Mi alzavo dal letto e affrontavo la giornata con la stessa espressione di una giornalista televisiva quando lancia un servizio ma quello non parte. La routine di sollevamento era la seguente: sdraiata sulla schiena mi davo una piccola rincorsa facendo appello ai miei addominali lardellati, sollevavo la testa creando un multistrato di pappagorgia tra mento e petto, estraevo i denti dell'arcata inferiore sfoggiando uno strano morso inverso, gli occhi mi schizzavano fuori dal cranio e dalla bocca mi usciva un «iiiiiiieeeeh». Dopo circa tre tentativi ce la facevo, mi alzavo e iniziavo la mia vita.

Fatto sta che, se mi svegliavo per prima, me ne restavo a letto con la faccia incassata nel cuscino bavoso fino a quando non ti svegliavi anche tu. Finché un giorno i miei piani sfumarono rovinosamente quando, alle 7.21, sentii una vocina chiamarmi dalla stanza accanto. Accanto a me il letto era già vuoto, papà era uscito poco prima per andare a lavorare.

"No! Non sta succedendo."

«Mammaaaaa!»

"Magari ho sentito male."

«MAMMAAAAA!»

"Manteniamo la calma e facciamo entrare il negoziatore."

«Myyeea, è ancora ora della nanna, perché non dormi ancora un po'?»

«MAMMAAAAAAAAAA!»

«Ho capito, mi alzo.»

Feci la mia routine di sollevamento e andai in cameretta. Tu eri in piedi sul lettino aggrappata alla ringhiera.

«Che succede?»

«Mamma mimmi?»

«Ma no Mya, è presto per fare colazione. Fai ancora un po' di nanna, e dopo la mamma ti fa il biberon.»

«MIMMIMIMMIMIMMIMIMMIMIMMIMIMMIMIMMI.»

«OCCHEI TI FACCIO IL MIMMI!»

Mi trascinai in cucina prendendo a spallate tutti gli stipiti e preparai il latte, poi ti misi nel letto con me e te lo diedi. Non appena lo finisti, ti riaddormentasti subito. Io rimasi lì sdraiata accanto a te, senza più sonno mentre il campanile rintoccava le sette e mezza del mattino.

"Che facciamo, Giada, ci alziamo?"

"No, macché ci alziamo, lei dorme, stiamo a letto."

"Ma non abbiamo più sonno."

"E allora? Sempre meglio stare a letto che alzarsi a fare qualsiasi altra cosa."

"Quindi restiamo qui buttati tutta la mattina?"

"Perché, preferisci fare cose come pulire il bagno?"

"No, magari preparare qualcosa di buono da mangiare."

"Ma smettila, lo sai benissimo che siamo incapaci."

"Sai che c'è? Il mattino ha l'oro in bocca, da oggi si diventa mattinieri. In piedi, e facciamo qualcosa di costruttivo!"

Con uno strano entusiasmo riuscii ad alzarmi al primo tentativo, spalancai la finestra inspirando a pieni polmoni l'aria fresca dei bidoni dell'umido, il sole mi investì incenerendomi le cornee. Mi venne quasi da gridare "SONO IN PIEDI, STRONZETTI", ma riuscii a contenermi.

Mi vestii, andai in cucina e trovai in frigo un rotolo di pasta sfoglia del Natale del '96 con cui decisi di fare dei croissant. Li carbonizzai completamente ma la cosa non mi toccò affatto, il mattino ha l'oro in bocca ed ero a pieno regime.

Decisi di farmi il caffè e accesi la macchinetta, ma subito lampeggiò la spia che segnala il serbatoio dei fondi pieno. Lo sganciai e, nel tragitto fino alla spazzatura, inciampai in un vortice spaziotemporale formatosi ai miei piedi spalmando tutta la melmaglia sul pavimento.

"Occhei, manteniamo la calma. Ho ancora l'oro in bocca,

è ancora la mia mattinata. Pulisco e riparto da zero. CHE MAGNIFICA GIORNATA!"

Raccolsi lo sporco e lavai il pavimento, era passata un'ora da quando mi ero alzata e ancora non avevo combinato niente.

"Io te l'avevo detto che era meglio stare a letto."

"Taci, ora metto su una colazione da nababbi."

Accesi il Bimby e trovai la ricetta dello yogurt. L'ultima volta che l'avevo fatto mi era venuto frizzante, una specie di yogusodina, ma quella era la mia giornata e sarebbe senz'altro venuto meglio.

Aprii il frigo e recuperai due bottiglie di latte, le aprii e le versai contemporaneamente dentro il boccale del Bimby.

Le svuotai. Tutte. Due litri.

Quando avevo quasi finito di svuotarle, iniziai a sentire uno strano rumore. Restai ferma qualche istante per capire cosa fosse, sembrava uno scroscio di liquidi... poi l'illuminazione. La sera precedente, avevo lavato il Bimby e, invece di chiuderlo con il tappo sotto, l'avevo solo appoggiato. Adesso tutto il latte stava colando fuori dal tappo aperto.

Rimasi lì, immobile, guardando il latte colare rovinosamente e inesorabilmente da tutte le parti, senza poter fare niente per fermarlo.

Lo scenario ricordava le cascate di Plitvice.

"Pensa Giada, pensa. Ci dev'essere un modo per uscirne."

Rivoli di latte iniziarono a diramarsi in ogni direzione.

"Stacco il boccale e lo porto nel lavandino? No, perché così si apre completamente in un grosso SPLASH."

"Stacco tutto il Bimby e lo porto nel lavandino? No, non faccio in tempo."

"Prego san Gennaro? No, non sono giapponese."

Poi mi venne un lampo di genio e rapidamente sollevai i bordi della tovaglietta che avevo steso sotto il robot da cucina per non sporcare. Fu un'ideona, perché si creò una piscinetta di latte all'interno di questo straccetto e smise di colare a terra.

Io penso di non essere mai stata più in difficoltà di così, mentre tentavo di tenere sollevati i bordi di una tovaglietta con due litri di latte dentro, senza possibilità di lasciarli andare sennò il tutto si sarebbe riversato sul pavimento.

Mi tolsi una ciabatta, allungai un piede sul bancone della cucina e cercai di avvicinare lo Scottex facendolo rotolare fino a me.

Inutile che mi dilunghi troppo sulle mie capacità di danzatrice e della mia ampissima apertura di gamba, comunque la carta arrivò.

Iniziai a strapparne pezzi con i denti e buttarli dentro la tovaglietta per cercare di assorbire più latte possibile, ma il mio piano sembrava non funzionare e alla fine buttai dentro l'intero rotolo. In poco tempo si impregnò di latte vanificando totalmente i miei propositi, cercai di toglierlo ma era talmente inzuppato che si spappolò e si sparpagliò per tutta la cucina rilasciando quello che aveva assorbito.

Non poteva davvero andare peggio di così. Anzi sì, perché fu proprio in quel momento che ti svegliasti e, siccome ormai camminavi perfettamente, scendesti dal letto e mi raggiungesti in cucina.

Se chiudo gli occhi riesco ancora a riprodurre nella mia mente la scena: tu che ti blocchi sulla soglia, resti immobile qualche secondo per valutare la situazione, spalanchi gli occhi ed esclami «wooooow»! Fu un attimo, non feci in tempo a fermarti che ti eri già lanciata sul pavimento allagato facendo il gesto del tergicristallo con le braccia.

Feci qualche passo indietro e osservai il panorama: le superfici della cucina erano bianche, il muro era imbrattato, il pavimento completamente allagato, i miei vestiti puzzavano di acido e tu sguazzavi molto montessorianamente nel latte lercio.

La soluzione migliore che mi venne in mente fu quella di

traslocare, ma il mattino ha l'oro in bocca e, dopo aver fatto un lungo sospiro, mi tirai su le maniche e iniziai a pulire. La cucina ebbe un sentore di Nonno Nanni per dieci giorni.

C'è qualcosa nel bambino al debutto come camminatore che ancora mi sfugge. Fino a quando lo osservi interagire con l'ambiente sembra un normale essere umano in miniatura; se perdi il contatto visivo per qualche istante, esso estrae gli arti retrattili a scomparsa che nasconde da qualche parte nel corpo, e sparisce dalla stanza per poi ricomparire aggrappato alle plafoniere dei dirimpettai.

Un giorno, mentre mi trovavo in cucina a preparare la cena, fui colpita all'improvviso dall'inquietante suono del silenzio.

Abbandonai tutto e uscii dalla cucina. Quel giorno morii un po'.

Avevi poco più di un anno e ti eri improvvisamente trasformata nella peggiore specie esistente di bambino: il complottaro silenzioso. Rari esemplari che attendono i momenti di défaillance materna per esercitare la loro diabolicità.

Mi affacciai alla sala e vidi la porta d'ingresso aperta. Il cuore mi esplose nel petto.

Corsi come una dannata notando di sfuggita una struttura piramidale di libri cartonati ai piedi della porta, uscii fuori urlando il tuo nome come una pazza, nella mia testa partì uno slideshow di scenari splatter, tutti senza lieto fine.

«Ciao mammaa!» La vocina proveniva dall'alto.

Girai la testa di scatto e in cima alla rampa di scale c'eri tu che mi salutavi con la manina.

Fu la prima volta che alzai la voce con te, urlai così forte che alcuni vicini si affacciarono dalla porta. Tu rimanesti immobile e mi guardasti sconcertata dall'alto del tuo trono, fino a quando non sfogai tutta la mia frustrazione e la mia paura.

Poi silenzio.

Occhi negli occhi.

Tu in cima, io ai piedi.

Lentamente ti girasti e, senza che me lo aspettassi, facesti il moonwalk.

Avevi costruito un rialzo con i libri per arrivare alla maniglia, eri evasa, avevi fatto un'intera rampa di scale, mi avevi fatto morire di crepacuore e infine, dopo esserti subita le conseguenze, avevi deciso di fare l'unica cosa che poteva farmi ridere.

Il moonwalk.

Una scena surreale, credetti veramente che ci fosse una sceneggiatura dietro. Giuro, ce la misi tutta per non ridere, ma non ci riuscii, quasi mi pisciai sotto.

Da quel giorno sfruttasti questa mia debolezza, facendomi ridere ogni volta che ti riprendevo.

«Mya, non salire sullo sportello della lavastoviglie.»

«Whats?»

«Mya, non sbattere le porte.»

«Oh gnooo mamma!»

«Mya, non aprire l'asciugatrice mentre gira.»

«Salsiccia?»

«Mya, lo sai che la mamma non vuole che tocchi il telefono.»

«Shhh shhh», con tanto di carezze sulla testa.

Il tuo secondo anno di vita ha messo a dura prova i miei nervi. A un anno e mezzo hai iniziato a parlare piuttosto bene e questo mi fece rimpiangere amaramente i pianti incontrollabili dei primi mesi di vita. Dai diciotto mesi in poi non hai mai, MAI, smesso di parlare, anzi, man mano che il tempo trascorreva, il fiume del tuo lessico acquisiva sempre più parole e tu parlavi sempre di più.

«Mamma agua.»

«Vuoi l'acqua?»

«Tì.»

«Adesso te la do.»
«Aguaaaa!»
«Aspetta un momento, Mya, adesso mamma ti dà da bere.»
«AGUAGUAGUAGUAGUAGUAGUAGUAGUA...»

Poi iniziasti a scappare, non ti si poteva lasciare un attimo che sfrecciavi via, nel passeggino non volevi più stare, se uscivamo iniziavi a contorcerti e a urlare «GIÙÙÙÙÙ». Lì capii anche quanto fossi stata sciocca a struggermi per trovare il nome giusto, decisa a dartene uno che fosse unico, un nome che, quando ti chiamavo, non attirasse l'attenzione di altri dieci bambini... perché quando ti chiamavo non arrivavi manco tu. Per non parlare del fatto che avevi iniziato a fare selezione con il cibo, isolando uno a uno i pezzettini verdi nel sugo. Non mi stupirei se in futuro volessi fare l'ispettrice dell'ASL.

Divenni esaurita, a un passo dalla crisi di nervi.

Non ce la facevo più. Eh sì, essere mamma è la roba più bella del mondo eh, giuro, guarda, niente di meglio al mondo eh, però sticazzi dov'è che li mettiamo? Quando mi svegliavo la mattina con quella vocina a strillare «mamma» che in confronto Axl Rose nell'89 pareva un corista gospel, e mi toccava racimolare tutta la santità del clero per non sclerare male e dopo una serie di inspira-espira-inspira-espira dicevo «cosa amore?» e tu mi rispondevi «ciao mamma» e di nuovo vai di inspira-espira-inspira-espira perché mi veniva da dire "macché mi chiami alle cinqueequaranta del mattino per dirmi ciao mamma e io che pensavo che ti stavi sognando la cassiera del Lidl che ti diceva che erano finiti gli Stikeez e ti eri presa malissimo...".

Ma tu porella avevi appena un anno e mezzo e che ne sapevi che alle cinqueequaranta del mattino non è mica il caso di chiamare la gente per dirgli ciao, e ti dicevo «dai torniamo a nanna» e dicevi no, che volevi il bibi. Inspira-espira-inspira-espira e fai il bibi che poi non lo volevi perché «no mamma bucia», «macché brucia famme sentì», e brucia davvero e torna in cucina a raffreddarlo perché bucia, e dopo che non bucia più ti era passata la voglia di bibi e volevi i biscotti.

Che poi mi davi il bacino bava misto biscotti ed ero contenta eh, però erano le sei e un quarto e sticazzi.

Il punto non sono le cinqueequaranta o il bibi che bucia o i biscotti, è che ero proprio stanca. E quando lo dicevo alle altre mamme mi rispondevano «eh però loro so' la gioia nostra eh, guai a chi me li tocca eh, le vite mie sono» e mi veniva da dire egraziealcazzo e quelle mi dicevano prenditi il magnesio che guarda è una meraviglia che ti tira su che poi sei fresca come 'na rosa e ti vien da spaccare il mondo. E me lo prendevo anche il magnesio, sì, ma eravamo nella fase zitta mai, quella in cui a volte pensavo che se non smettevi almeno un attimo di parlare per riprendere fiato ti sarebbe partito un embolo, e quindi quando aprivo le persiane e vedevi il sole partivi con MAMMA SOJE MAMMA SOJE MAMMA SOJE e se non ti dicevo« sì amore c'è il sole» eri capace di andare avanti fino a che non tramontava il sole per poi andarci sotto di MAMMA PIÙ SOJE MAMMA PIÙ SOJE MAMMA PIÙ SOJE. Ti dicevo «Mya, che devi fare la cacca?». No, dicevi, ma io lo sapevo che era sì e ti dicevo «sicura?» e tu mi guardavi e con lo scazzo mi dicevi «sì mamma» come per dire "non me la menare", ma dopo due minuti ti sentivo che facevi «oh-oh cacca». Inspira-espira-inspira-espira, ma comunque sempre sticazzi che mi avanzavano.

Poi mi dicevi «mamma tatto bene» e ti dicevo «anch'io» e mi passava tutto ed ero felice, ma tre minuti dopo aprivo il frigo per bere, tu ti piazzavi davanti e facevi: «Mamma quetto?».

«È formaggio, amore.»

«E quetto?»

«È latte.»

«Quetto?»

«Sono oliv…»

«QUETTO.»

«Yogu...»

«E QUETTO, QUETTO, QUETTO?»

«Adesso chiudiamo il frigo.»

«NO.»

Mi capitava poi di beccare la Ester in posta che ritirava la pensione di reversibilità, lei ti guardava con gli occhi dolci e mi diceva: «Che cara bambina, è proprio un amore, ma un fratellino non glielo fai? Io ho fatto dodici figli in quattordici anni» e mi sentivo una fallita, perché io di figlia ne avevo solo una e avevo pure la lavastoviglie, la lavatrice, l'asciugatrice, il Dyson, il Bimby e l'aifon ma comunque a fine giornata ero stanca e incazzata come una stronza.

Quindi il quadro l'abbiamo fatto. Ora, senza andare a scomodare la Montessori che pace all'anima sua porella mi avrebbe detto «faje fà i travasi e il coso sensoriale e il quaietbuc che vedi che te la tieni bona per un po'», ma il problema, cara Mary, non era la bambina, che era una normalissima bambina di un anno e mezzo, il problema ero io con il mio dubbio che la mamma non sapessi fare, che occhei, la pazienza non me la facevo scappare mai, inspiravo-espiravo-inspiravo-espiravo e ce la facevo, ma insomma, forse non facevo giusto. Dovevo ogni giorno fare i conti con me stessa: ce la mettevo tutta ma avevo continuamente l'impressione che ogni mia scelta fosse sbagliata, vivendo con l'angoscia del futuro nel quale tu mi avresti colpevolizzata per gli errori commessi.

Cercavo un vero confronto con quelle mamme che erano stanche e non ce la facevano più come me, ma la mattina si alzavano e facevano in modo di farcela lo stesso. Sticazzi dov'è che li mettevano?

Non l'ho mai saputo, perché, a differenza mia, le altre erano tutte perfette.

La notte ormai i risvegli si erano diradati, anche se non scomparsi del tutto ma limitati a uno, massimo due a notte.

La verità è che io avevo iniziato ad avere il sonno più pesante e quindi si alzava sempre papà, io mi occupavo di farti addormentare. Ti leggevo un libro o ti cantavo una canzone, la maggior parte delle volte volevi vedere il video della canzone della buonanotte della luna e l'orso nella casa blu, che deve avere qualcosa di ipnotico perché ti faceva addormentare all'istante, sennò, nelle serate più impegnative, preferivi disquisire per ore sui quesiti della vita.

«Mamma senti! Chi è?» chiedesti una sera durante un temporale.

«È un tuono.»

«Un tonno?»

«No, il tonno è un pesce, il tuono si sente quando piove.»

«Piove pesci?»

«Emm, sì. Buonanotte.»

«'Otte tonno.»

Silenzio, respiro regolare, corpo immobile. Era fatta, dormivi. Adoravo quel momento della giornata, quello in cui tu ti spegnevi e io restavo qualche minuto a guardarti e a congratularmi con me stessa per la meraviglia che avevo creato.

Di solito aspettavo qualche minuto prima di svignarmela, sufficiente per assicurare un sonno pesante e duraturo. In quei minuti era indispensabile restare totalmente immobili e zitti, anche solo il *fiiii* del naso poteva essere fatale.

«Mamma, pecché tonno fa *tum*?»

Missione fallita, battiamo in ritirata.

«Amore, adesso è tardi, fai la nanna.»

«Agua.»

«Hai sete?»

«Otto.»

«No, non ho detto sette, ho detto sete.»

«Agua?»

«Sì, vuoi l'acqua?»

«No, pappa.»

«E allora perché mi hai detto acqua?»

«Tonno?»

"A mia discolpa posso dire che erano quasi due anni che non dormivo, vostro onore."

Una domenica mattina ti svegliasti alle 7.45 e io quella notte avevo letto fino alle due, quindi ricordavo un po' la Sara Tommasi ai tempi di Diprè, sia per aspetto che per capacità connettive. Dopo una rapida occhiata nella direzione di tuo padre capii che stavolta toccava a me. Annotai l'ora del decesso, mi alzai e ti prelevai dalla tua camera per portarti nel letto con noi. Trascorsi venti paradisiaci minuti, sufficienti per creare la patetica illusione del ritorno al sonno e quindi il ripristino del mio stato catatonico, percepii qualcosa di mai sentito: qualcuno mi stava abbracciando e baciando. Quando aprii gli occhi, davanti a me c'era un sorrisetto sdentato ad accogliermi.

«Bugionno, mamma», dicesti.

«Buongiorno, Mya», dissi io, e improvvisamente non me ne fregò più niente. Come se in quell'abbraccio ci fossero tutte le risposte per quelle volte in cui mi ero chiesta se stavo facendo un buon lavoro. Mi stavi abbracciando di tua spontanea volontà, mi stavi dicendo che sì, mi volevi bene. Il cuore mi si riempì di gioia, non me ne fregava niente se ero assonnata e avrei voluto dormire fino al prossimo solstizio, non me ne fregava niente se erano le otto di domenica mattina e i miei coetanei a quell'ora stavano con il rivoletto di bava a smaltire le Tennent's della sera precedente, non me ne fregava niente se i Guns N' Roses si erano sciolti, mi ero appena svegliata stretta tra le braccine di mia figlia in un abbraccio che ricordava quello di un pigmeo con un baobab, in una grande manifestazione di amore.

«Vojo 'otti.»

«Cosa?»

«'Otti.»

«È per questo che mi hai svegliata? Perché vuoi i biscotti?»
«Tì.»
Era domenica mattina, erano le otto, sembravo una comparsa secondaria di un porno amatoriale e Axl Rose cantava negli AC/DC.
"Fanculo andiamo al bar."

C'era qualcosa nei meccanismi del tuo cervello che io non riuscivo a comprendere. Ad esempio, quando uscivamo non volevi tenermi la mano né farti prendere in braccio, quindi camminavo con te accanto con il timore che schizzassi via da un momento all'altro e finissi sotto un'auto o rapita dai boscimani, però una volta arrivate a casa, mentre cercavo di salire le scale con la spesa, la borsa del cambio, la borsetta, le chiavi e la posta, tu mi guardavi e mi dicevi «braccio».
«Dai Mya, per favore, sali da sola. Sei capace, tieniti alla ringhiera.»
«Braccio!»
«Mamma non ha abbastanza braccia.»
«BRACCIOOO!»
«EVABBENE!»
Buste della spesa in una mano, borsetta sulla spalla, borsa del cambio a tracolla, posta tra primo e doppio mento, chiavi in bocca – con il rischio di prendere la mononucleosi – e dieci chili di bambina a peso morto sull'altro braccio, accendendo la luce delle scale con l'osso della mandibola. Due piani. Ancora non capisco perché non sono magra.
Solitamente utilizzavi questi momenti per farmi domande importanti, mentre mi collassava il pancreas: «Mamma tu vuoi bene?».
«Certo amore che ti voglio bene, e tu?» le mie parole erano sforzate e accompagnate da un grosso fiatone.
«No.»
"Piccola ingrata."
Nonostante questo fino ad allora mi regalasti tanta feli-

cità. Finalmente capii perché le altre mamme sostenevano che i loro figli sono la cosa più importante del mondo: perché lo erano, e tu lo diventasti per me.

La gioia immensa di stringere forte il tuo corpicino tra le braccia dopo che avevi fatto un brutto sogno e poter sentire il tuo piccolo cuore rallentare piano piano contro il mio petto, fino a raggiungere un battito regolare accompagnato da un respiro profondo. Perché davvero non esiste ricompensa migliore per il fatto di essere dovuta saltare giù dal letto in piena notte, del tuo bambino che si accuccia contro di te e, sicuro dentro allo scrigno delle tue braccia, si concede al sonno, certo che da quel momento nessuno potrà fargli del male. Niente al mondo mi ha mai fatto sentire più onnipotente.

Le bambole ti sono piaciute fin da subito e, passato l'anno, ci hai fatto capire quanto ne desiderassi una, così decidemmo di regalarti una Barbie. Per decenni l'azienda di giocattoli Mattel ha prodotto Barbie con fisici statuari, visi angelici, gambe chilometriche e lunghi, setosi capelli biondi. Questo è stato per anni motivo di controversie, in quanto la Barbie trasmetteva un modello di perfezione fuorviante per le giovani e influenzabili menti delle bambine. Non sono mai stata troppo d'accordo, devo essere sincera, in quanto questo tipo di influenze avviene in primis a casa, dove si sottolinea spesso la diversità dei corpi legandola a un giudizio sulla bellezza.

Ma finalmente ora la Mattel aveva deciso di mettere in commercio Barbie con forme, altezze e colori della pelle diversi. E io, prima di comprartene una, scrissi una lettera all'azienda, in quanto, a mio parere, non erano le differenze fisiche che dovevano essere rilevanti. Insomma, quando ero bambina io non fregava a nessuno che fossi grasso, omosessuale o nero, si discriminavano solo quelli che guardavano i *Digimon* invece che i *Pokémon*.

Non ti ho mai fatto presente che il mio corpo e quello di papà si differenziavano per altre cose a parte il modo in cui facciamo pipì. Attualmente non sai che papà è «magro» e io sono «un po' grassa», perché queste parole, a casa nostra, non si sono mai usate. Per te papà ha una forma, mamma un'altra.

La lettera diceva più o meno così:

*Cari produttori di Barbie, grazie per aver creato delle bambole che rispecchiano di più l'aspetto di ognuna di noi, mi stavo chiedendo, però, se la scelta non fosse troppo limitata.*

*Occhei, ora abbiamo Barbie Niki Minaj, Barbie uramaki e Barbie colesterolo, ma qui avremmo la necessità di modelli più veritieri.*

*A quando Barbie co.co.pro o Barbie cassintegrata? E Shelly ADHD? La tinta biondo platino è cruelty free per Barbie vegan? Avete valutato il restyling di Ken per renderlo finalmente scrotomunito e abbattere la tanto decantata barriera gender? E se gli dessimo una tonalità alla Carlo Conti e inventassimo Ken Kebabbaro? Magari venduto con il furgoncino, l'attestato HACCP falso e la friggitrice che quando schiacci un tasto suona davvero.*

*Attendo impaziente, una fan.*

Sono sensibile alla questione perché sai, Mya, io non ho un corpo perfetto. Anzi, potrei definirmi abbastanza grassa. Lo so che i tuoi minuscoli occhi di bambina non lo vedono ma adesso, mentre digito queste parole, sono in sovrappeso di almeno dieci chili. È una cosa che mi ha sempre fatto soffrire ma che non sono mai riuscita a cambiare, non ho mai trovato la volontà. Intorno a me vedevo ragazze bellissime con corpi perfetti, e il controllo mediatico del modello femminile mi faceva sentire sempre più inadeguata.

Io sono sempre stata così, anzi, quando non lo ero credevo di esserlo, perché prima della gravidanza avevo solo qualche curva tonda e, riguardando quelle foto ora, mi viene da pensare quanto fossi cretina.

Ecco, quello che mi viene da dire, riguardo a questa faccenda, è che probabilmente l'essere umano è provvisto di una sorta di cecità selettiva, ovvero, oggi non sono in grado di vedere e apprezzare le mie fortune in quanto la mia mente ha innescato la brama del «di più», oggi non sono sufficientemente soddisfatta di me stessa, perché gli occhi con cui mi sto guardando hanno davanti la patina della critica. È molto probabile che tra dieci anni, riguardando le mie foto di adesso, penserò quanto fossi cretina a non vedere quanto fossi perfetta.

Non è colpa mia, sai, se sono un po' grassa. Insomma, mi piace la pastasciutta e mangerei melanzane fritte anche a colazione, ma non è colpa mia se i miei occhi, e quelli di tutto il mondo, posandosi sul mio corpo vedono una donna non del tutto apprezzabile. Sono responsabile del mio grasso, ma non del fatto che quest'ultimo faccia di me una persona non visivamente accettabile.

Non so come andrà quando sarai grande, non so se tu e tutte le donne come te, a differenza di me e delle mie coetanee, avrete la possibilità di riuscire a guardarvi con gli occhi del presente, quelli che ti fanno amare come sei, in qualsiasi forma.

Non so se quando sarai grande le donne potranno permettersi di esibire la verità dei loro corpi senza che questi entrino in conflitto con la credibilità, l'efficienza, la professionalità e la capacità che hanno nei loro mestieri e nelle loro passioni.

Non so se quando sarai grande ti verrà data finalmente la possibilità di scegliere cosa fare di te stessa, concedendoti come vuoi, quando vuoi, nel modo in cui lo desideri e con un partner del sesso che piace a te, senza che ti venga estirpata la patria potestà dei tuoi piaceri per poi inserirla in una sezione del catalogo delle etichette d'umiliazione riservato alle sole donne.

Io non lo so, figlia mia, se quando sarai grande potrai decidere di smettere d'amare un uomo senza paura, di fare le valigie o di farle a lui, e consegnare le chiavi di una relazione chiusa senza il timore di venirvi ritrascinata dentro e murata viva dalla mostruosità dell'oppressione. Non lo so se quando sarai grande, oltre al "viva con me o morta senza di me", ti verrà concessa una terza possibilità.

Non lo so davvero se, quando sarai grande, potrai finalmente essere giudicata prima come essere umano e poi per il tuo genere d'appartenenza, però, te ne prego, se non dovesse essere così, o se dovesse essere peggio di così, non lasciare che questa condizione continui a raccogliere consensi, lotta con i denti perché non è colpa tua né mia, né di tutte quelle che prima di noi si sono tolte o a cui è stata tolta la vita per la sola colpa di essere donne.

Ti prego, lotta con i denti e fai la differenza, perché io, perdonami, ho fallito.

Ci fu anche il momento in cui decisi di smettere di essere grassa e tornare al mio peso forma. Io, te e papà personificavamo in modo piuttosto accurato il lungo, il corto e il pacioccone. Non potevo più fingere che fosse colpa della gravidanza – ormai avevi passato l'anno – e il mio culo diventava sempre più grosso, tanto che venne censito dal catasto e mi toccò pagarci la Tasi.

Fu una settimana particolarmente divertente, quella della dieta. Dapprima mi lanciai in mesti tentativi di mettere in tavola ricette light, che già di loro presentano un ampio spettro leopardiano, e lo feci con tutte le buone intenzioni e con l'immaginoso miraggio di me rinchiusa in succinti tubini taglia quaranta. Investii in ingredienti *new age* tipo gli shirataki, spaghettini di dubbia fattura e dall'odore fognario, famosi per il loro insignificante apporto calorico. Spero vengano tolti dal commercio perché, oltre a puzzare di pesce anche se si cucinano con le zucchine, in bocca assumono la consistenza di mucillaggini marine. Poi tentai la strada delle torte senza. Composti di farine integrali e acqua, senza latte, senza burro, senza zucchero, senza dignità. «Torta superlight alla vaniglia», diceva il titolo, aveva solo tre ingredienti e io riuscii a dimenticarne uno: la vaniglia. Feci una torta alla vaniglia senza vaniglia, praticamente una torta alla.

Setacciai poi tutti i siti e forum di cucina dietetica, dove vigevano ricette come «Lasagne sfiziose no carbo con farina di cortecce di pioppo e ragù di lombrichi da pesca», «Insalata leggera di orchidee, ghiaia e rovi», «Finta Nutella UGUALE A QUELLA VERA di coste di sedano e sabbia della riviera romagnola»... Non funzionò.

Nel frattempo i manichini iniziarono a sfoggiare bikini e parei e mi venne la forte tentazione di guidare una crociata di protesta a lanciare carotine e sedanini contro le vetrine delle rosticcerie.

Infine feci un gesto azzardato, uno così spericolato che non ci avevo mai neanche pensato in ventitré anni di vita: andai a correre.

Indossai la tuta, le scarpe da ginnastica, legai i capelli in una treccia e mi avvolsi nel cardiofrequenzimetro. Carica come una molla e con le vene ingombre di adrenalina pura, scesi le scale e mi chiusi il portone alle spalle lanciandomi sull'asfalto come se dietro di me la casa stesse per esplodere. Immaginami estremamente sexy, in slow motion, con lo sguardo volto all'infinito e *Eye of the Tiger* ad accompagnarmi.

*TACATACATACATACATCATACATACA-TA. (sbum) TA TA TA. (sbum) TATATA (sbum) TATTATTAAAAAA.* E partii decisa *RISIN UP* come se l'avessi fatto tutti i giorni *BACK ON THE STREET* senza curarmi delle conseguenze *LALALA TOOK MY CHANCES* una falcata dopo l'altra *WHEN THE DISTANCE NANANA ON MY FEET* divorai la strada *JUST A MAN AND HIS WILL TO SURVIVEEEEE.*

Mi sentii incredibilmente orgogliosa di me stessa, ero più forte di quello che pensassi, correvo a testa alta e rivolgendo sguardi di sfida agli automobilisti, avvertii qualche gocciolina di pioggia che mi fece sentire ancora più carica, una vera guerriera, ingoiai anche un moscerino e non mi dispiacque perché avevo bisogno di proteine, mi venne da gridare a tutti i passanti di guardarmi, di catturare la mia memorabilità.

"EHI, EHI GUARDATEMI, GUARDATEMI TUTTI, STO CORRENDO, SONO FIGA, GUARDATEMI, IO NON VADO A CORRERE, IO RUNNINGO. FORTE."

Poi qualcosa andò storto. Il fiato iniziò a mancarmi, la bocca si impastò, avvertii un dolore a un fianco talmente forte che mi trovai costretta a guardarmi intorno alla ricerca del masai con la cerbottana, la fascia del cardiofrequenzimetro minacciò di segarmi in due, la pioggia aumentò e mi scaricò addosso una valanga di proiettili che in confronto la Iugoslavia del '91 pareva una partitella a softair, scorsi la mia immagine riflessa in una vetrina e le mie movenze mi furono subito familiari: feci velocemente mente locale e giunsi alla conclusione che stavo correndo come un T-Rex.

"Forza Giada ce la puoi fare, inspira, espira, inspira, espira, non fa male, gli occhi della tigre, GLI OCCHI DELLA TIGRE CAZZO, non mollare adesso, arriva almeno a due minuti."

Il mio respiro si fece sempre più affannato, mi accorsi che stavo rantolando solo quando un carabiniere, udendomi, si girò di scatto con la mano sulla fondina. Riuscii addirittura ad attirare l'attenzione dei pensionati vicino al cantiere. Dovevo avere un aspetto davvero orribile.

Percepii i miei organi collassare uno a uno, l'embolo era solo questione di tempo, iniziarono ad apparirmi personaggi mistici: la Madonna, Caronte, Giorgio Mastrota...

Incredibilmente riuscii a fare il giro del quartiere e a tornare a casa.

Raggiunsi il mio record personale di venticinque minuti e quattro secondi di corsa, il cardiofrequenzimetro segnava i battiti in anni luce. Con mano tremante suonai il campanello.

«Chi è?» rispose papà.

Una delle domande più difficili che mi sia mai stata fatta nella vita: non ricordavo la risposta.

Appurato che correre non era cosa per me, decisi di entrare a far parte di uno di quei gruppi di ginnastica casalinga, dove la gente si piazza davanti ai video di Jill Cooper con la calzamaglia e dei pesetti fai da te ricavati da materiali di riciclo con lo scatolone fabbricone.

Raccontai la mia esperienza fallita agli altri utenti e subito mi diedero dei consigli.

«Ma che vai a correre che te spacchi tutta, ma fatte lo striiming co' quella che cammina a casa che ce so' pure le donne senili che fidati, è 'na roba facilissima e c'è pure la musichetta de PacMan.»

Cercai il video nel database del gruppo e scoprii questi esercizi semplicissimi che equivalgono a una camminata ma senza dover interagire con il mondo esterno.

Il workout inizia nel momento in cui devi collegare il PC alla televisione con assurdi cavi, decoder, sorgenti, telecomandi, case, libri, auto, fogli di giornale, che se glielo chiedevo a papà quello subito "ma che ci va, attacca qui schiaccia lì sposta là accendi quello, prendi il telecomando non quello l'altro, ma cheffai hai aperto il garage dà qua stolta faccio io". Fu quel giorno che scoprii che l'HDMI non è un attestato che serve per friggere anelli di cipolla al festival dell'Iveco.

Feci partire il video e subito mi comparirono davanti un gruppo di walker con sorrisi ed entusiasmo che marciavano come gli alpini sull'Isonzo. Io invece sembravo Yoshi ma partii entusiasta e carica come uno StartTAC.

"Stavolta ce la faccio, sicuro. Dai, guarda là, quella avrà settantatanti anni, se lo fa lei posso farlo anch'io che neanche ho visto esplodere Chernobyl."

Feci senza problemi i primi dieci minuti, affrontai abbastanza dignitosamente tutti gli *enchìc enchìc* e tutti gli *niisapp*

*niisapp* fino al diciassettesimo minuto, poi iniziai lentamente a cedere. Sembrava andasse tutto bene, poi questa iniziò a fare «mo' andiamo un po' avanti e indietro sulle mani, più veloce, mo' famolo doppio SALTA DAI SALTA UN PO'» e ciao, mentre lei ripeteva *and walk walk walk* io la seguii con *and fuck fuck fuck...*

Mentre tutti lì walkavano, saltellavano, scalciavano con energia e sorrisoni, io replicavo il tutto sgranando mentalmente rosari e alimentando un'intera centrale eolica a fiatone. Anche la vecchietta in ultima fila se la stava cavando meglio della sottoscritta, io sembravo in preda a un violento attacco d'asma, una sodomia dei miei polmoni, una meschina broncoscopata non consenziente.

Nonostante fossi poco quotata, riuscii a concludere tutta la mezz'ora di esercizio, con un aspetto simile a quello che avevo quella volta in cui mia nonna fece retro in cortile e mi investì con la Marbella 850.

Una volta constatato che, no, neanche la ginnastica casalinga faceva al caso mio, ho preso la definitiva decisione di iscrivermi in palestra.

La palestra è quel posto in cui paghi per soffrire, più o meno come andare dall'estetista o da Equitalia.

Non ero mai stata in un posto del genere in vita mia, per me questi ambienti ricchi di ghisa e Gatorade sono sempre stati territori inesplorati al pari delle foibe slave.

Ho iniziato a frequentare questi corsi assiduamente, alcuni in cui dovevo scendere e salire ripetutamente da un piedistallo, altri in cui mi facevano saltare all'impazzata su un tappetino elastico e altri ancora dove mi venivano caricati pesi sulla schiena per poi farmi accovacciare in posizione turca e tornare in piedi per trenta volte.

Dopo un mese di frequenza potei finalmente esporre le mie impressioni sull'ecosistema del fitneraggio, avevo osservato con meticolosa precisione le vicessitudini che mi si svolgevano intorno e potei trarne le dovute conclusioni:

Gli istruttori di fitness non sanno contare, oppure usano un sistema numerico ultraterreno. “Gli ultimi otto” sono in realtà almeno ventiquattro.

Negli spogliatoi le donne si riconoscono dal culo, non sanno i nomi né memorizzano i visi, ma sanno perfettamente come sono fatte le chiappe altrui.

Il succo ACE si chiama così per indicare che contiene vitamina A, C ed E, non è l’acronimo di arancia carota ellimone.

Se il tuo istruttore la domenica si è mangiato un panzerotto di troppo, sono solo e soltanto gran cazzi tuoi, perché lo farà smaltire a te.

Sei l’unica flaccida, le altre sono Gormiti.

Uscire da un reggiseno sportivo metterebbe in difficoltà anche un giovane Houdini.

Il giorno dopo chiederai l’epidurale per sederti a pisciare.

Per raggiungere il lato opposto di una sala devi affrontare un Takeshi’s Castle di bilanceri, manubri, panche e corpi plankanti.

La gente piscia nella doccia.

Tra un affondo e un addominale obliquo la gente si scambia ricette proteiche con sughetti omeopatici senza olio.

C’è sempre musica di merda e ti tocca soffrire a ritmo di *papi papi papi ciulo.*

Ci sono frasi motivazionali ovunque, tipo *Stay hungry stay foolish,* ma tu stay sempre e solo hungry.

Se hai fatto gli squat con il bilancere resterai bloccato in palestra. Davanti alle scale le gambe ti daranno errore 404 e le scenderai come Zenigata.

La cosa peggiore in assoluto, però, era che, con i miei pantaloni da poveri comprati da Decathlon con l’offerta prendi tre paghi due (e ti regaliamo anche un Ritter Sport alle nocciole), le persone mi guardavano anche un po’ schifate dall’alto dei loro leggings Adidas.

Un giorno, senza che me lo aspettassi, decidesti che stare chiusa in un pannolino ti faceva schifo. Faceva caldo e avevi scoperto la sarabanda di stare con le chiappe al vento, e non ci fu più verso di rimettertelo. Io non la presi troppo bene, non avevi ancora compiuto due anni e pensavo fosse troppo presto, inoltre non ero pronta. Io.

Pisciasti in giro per casa per due giorni e io dovetti comprarmi le galosce per attraversare il salotto.

La prima volta che facesti pipì per terra eri completamente nuda e ci rimanesti molto male. Stavi giocando tranquillamente quando a un certo punto cominciasti a sgorgare, guardasti il getto impaurita e incredula, come a dire “questa roba sta uscendo da me?” e poi iniziasti a piangere disperata.

«Mammaaaaa mi cade l’agua dalla patitinaaaa.»

«Mya, non ti preoccupare, è la pipì. La prossima volta che ti scappa me lo dici e andiamo a farla nel vasino.»

«No! No vojo agua dalla patitina.»

«Non oso immaginare allora cosa succederà con la cacca.»

«NO VOJO CACCA.»

«E cosa vuoi?»

«Biscotti.»

Trascorsi l’estate a pulire i bagni di tutto il Piemonte e la Croazia, compresi quelli degli Autogrill disseminati per i settecento chilometri che li separano, perché di pisciare sospesa non se ne parlava, né di farla in un secchiello in caso di emergenza, bisognava essere in un bagno pulito e seduti sulla tazza, altrimenti nulla.

Immagina la gioia di sentirti dire «pipì» mentre eravamo su una spiaggia con un unico sudicio bagno chimico, o in un supermercato, o in autostrada senza nessuna uscita prima di trenta chilometri. Furono due mesi infernali, dove avevamo l'ansia pure di uscire di casa perché non sapevamo mai quando sarebbe arrivata la pipì e se avremmo trovato un posto per fartela fare. Furono due mesi in cui rimpiansi amaramente i fasciatoi lerci dei centri commerciali.

Quella fu un'altra volta in cui avevo creduto che, una volta tolto il pannolino, ci saremmo tolti un altro pensiero, in quanto saresti stata più autonoma. Be', non avevo capito niente. Non avevo considerato che avresti fatto la cacca a rate e avrei dovuto portarti in bagno tre volte in un'ora, non avevo considerato che ti saresti dispiaciuta ad abbandonare i tuoi bisogni per sempre impedendomi di tirare l'acqua, ma soprattutto non avevo considerato di dovermi alzare alle tre del mattino per cambiarti dalla testa ai piedi e rifare completamente il letto.

Poi, improvvisamente, senza previsione alcuna, arrivarono i *terrible two*. I *terrible two*, se lo si chiede a un uomo, sono i giorni di premestruo della moglie, per le mamme invece è l'età che segna il periodo di affermazione del carattere del bambino.

È un periodo di NO urlati per ogni cosa, è un periodo di oggetti lanciati, piedi che pestano e frigni incontrollabili.

La new entry del frigno in loop per ogni cosa mandò in disfatta le ultime due pulegge arrugginite che giravano ancora nella mia testa. Dopo mezza giornata di frignezza iniziavo a sbuffare come una locomotiva, con uno sbuffo ero capace di suonare un'intera scala pentatonica con il flauto di Pan e mi salivano i dubbi che forse dovevo lasciar stare la vita familiare e buttarmi sul gattaraggio estremo.

Scappa la pipì? Perché non comunicarlo frignando?

Fame? Perché sprecarsi in inutili disquisizioni inconcludenti? Vai di maracaibo frigno forza nove, fuggire sì maddove…

“Madre, mi hai servito i piselli in ordine casuale, io li volevo in sequenza Fibonacci, e mo’ beccati *Il barbiere di Siviglia* in frigno bemolle. Le mie mutande preferite sono a lavare? Dov’è il mio cazzo di libro di Topo Tip? Non vedi che questo biscotto è irrimediabilmente scheggiato? Il PIL pro capite degli ultimi tre anni è sceso dello zerosette percento?”

Frigno universale.

Cercai anche un’app di traduzione frigno/italiano, tipo un «frigno translate», ma non la trovai.

Inutile dire che eri perfettamente in grado di spiegarti a parole in modo chiaro, inutile dire che richiamavo a me tutta la zen-ezza e con tono pacato ti chiedevo di smettere di piangere e spiegarmi esattamente cosa volevi, altrettanto inutile che ti racconti i vani tentativi di distrazione con giochi/libri/proposte/Jack va in cucina con Tina/Whisky il ragnetto sale la grondaia/Ma che bel castello marcondirondirondello… Niente, mi toccava mettermi lì a fare il totofrigno per indovinare cosa volevi.

Cercai anche qualche libro di supporto, non so, *Terrible two for dummies* o *Come resistere alla tentazione di abbandonarlo davanti al Penny Market*, ma non trovai nulla che facesse al caso mio. Feci anche dei preventivi su Expedia per la Polinesia francese sola andata.

Quello fu anche il periodo in cui iniziasti ad andare all’asilo. Anzi, fu il periodo in cui iniziai a dare dei soldi a un asilo senza che ci andassi perché eri sempre malata. Fino a quel momento ci eravamo limitati a qualche febbriciattola sporadica e poco rilevante, da lì in poi fu una parata di virus e batteri che prendevi e portavi a casa a contagiare me. Nel giro di due mesi intervallammo, con pause di circa quattro giorni l’una dall’altra, la cistite, la bronchite, la congiuntivite, l’influenza intestinale e la stomatite.

Furono giorni di pianti straziati e cocktail di antibiotici e antipiretici, giorni senza fine e senza riposo, giorni in cui speravo di vederti stare meglio perché vederti soffrire mi faceva soffrire il doppio di te. Tu eri intrattabile, dovevamo darti le medicine a forza e tirarti fuori un Eufrate di scracchio dal naso ogni sera, smettesti di mangiare e perdesti molto peso. Non ti ho mai vista in condizioni peggiori; ogni sera, all'ora delle medicine, mi veniva da piangere. Pigiamino + lavaggio nasale + collirio e si attendeva il blitz degli assistenti sociali.

Un giorno, stremata, mi chiedesti perché avevi sempre la bua. Ci pensai a lungo ma non seppi dare una risposta, non lo sapevo neanche io. Decisi così di fare quello che sapevo fare meglio: raccontarti una storia.

«Pronto?»

«Ehm, salve. Parlo con l'ufficio reclami della Cicogne express & ecc.?»

«Sì signora, sono Brida, come posso esserle utile?»

«Ecco, io ho ricevuto una bambina da voi, circa due anni e mezzo fa, vorrei fare un reso.»

«Non può avvalersi del reso, signora, non siamo Zalando.»

«Sì, lo so, ma fino ai due anni è andato tutto bene, dopo che è scaduta la garanzia ha iniziato a dare un sacco di problemi.»

«Capisco. Vuole spiegarmi questi problemi?»

«Da due mesi si ammala ogni tre giorni, credo ci sia un bug nel meccanismo di difesa.»

«Be', signora, è assolutamente normale, noi forniamo i nostri bambini senza difese immunitarie, avrebbe dovuto prendere la versione premium se avesse voluto delle difese più efficaci.»

«Non si può almeno fare un aggiornamento del software degli anticorpi?»

«No, i nostri artigiani creano i bambini su misura del richiedente, sono pezzi unici e ognuno di loro ha un software personalizzato.»

«Ma quindi come posso fare per risolvere il mio problema?»

«La metto in contatto con l'ufficio EquiBua, lì sapranno darle indicazioni più precise.»

«D'accordo, la ringrazio. Buona giornata.»

*Tuuuu...*

«Pronto, so' Enzo, Influ Enzo, che vole?»

«Salve Enzo, mi piacerebbe sapere come posso risolvere il problema di mia figlia: si ammala in continuazione.»

«Je faccia 'a minestrina.»

«Egraziealcazzo, Enzo.»

«Ao ma che tte devo dì, noi qua famo le bue e poi le mandiamo in giro a contagià la ggente, funziona così signò.»

«Ma perché lo fate? Siete meschini, fate soffrire le persone.»

«Perché la vita non è sempre giusta signò, bisogna saperla affrontà ar mejo.»

«Sì ma qui sono due mesi che non si dorme, che si tossisce, che si piange e che si ingurgitano medicine.»

«Lei nun è la prima né l'ultima signò, le bue esistono da sempre, ce so' quelle più brutte e quelle meno brutte, servono a mettere alla prova i genitori, a fà capì ai bambini che la mamma er papà so' sempre lì quando loro stanno a soffrì, servono a misurare l'amore d'una madre che un giorno se trova a prega' er Signore de liberare il suo bambino dal dolore pe' dallo a lei, servono a spingere un padre a svegliasse ogni ora pe' rinfrescà la garzetta su una piccola fronte calda anche se poche ore dopo se deve alzà pe' andà a lavorà... Le bue sono importanti, signò, mettono in contatto un'intera famiglia che si stringe scomoda in un letto per tenè ar caldo un piccolo corpo, fanno crescere la fiducia di un bambino nei suoi genitori convincendolo che un bacio leggero su un graffio può cancellà er dolore, ve fanno capì quanto amate vostro figlio anche nei momenti più estremi.»

«Grazie, Enzo.»

«Dovere. Mo' famme andà che stavo a fà er record a Prato Fiorito.»

«Buona giornata.»

«Anche a lei. Ah, signò, c'abbiamo qui pronto er virus intestinale, parte la prossima settimana co' Bartolini. Prepari l'Enterogermina.»

Giorni interminabili fatti di sofferenza, pianto e irrequietezza dove non riuscivi a darti pace tra i mali di stagione e la noia.

Ormai eri grandicella, e decisi che avrei potuto iniziare a concederti qualche cartone animato ogni tanto. Mi stupii di vedere che non esistevano più *I Puffi*, *Doraemon* o *Franklin la tartaruga*, bensì *Masha e Orso*, le avventure di un povero grizzly vessato da una bambina emancipata; *Peppa Pig*, un mondo parallelo abitato da animali nel quale, a giudicare dagli impieghi della signorina coniglio, non esiste la dichiarazione dei redditi, e *I Super Pigiamini*, tre bambini che di notte si mettevano il pigiama e andavano a combattere la criminalità su discutibili mezzi di trasporto. Jeko, Gattoboy e Gufetta, non si sa come, per te divennero Cieco, Caccaboy e Monnezza.

L'inizio dell'asilo e la televisione fecero sì che in poco tempo iniziassi a chiacchierare in modo scorrevole e comprensibile, e questo fu motivo di ilarità per noi.

Iniziarono a volare parole tipo *bévere*, *aprìto*, *spentàto*, *éscio*, *salo* che stavano per bere, aperto, spento, esco e salgo, ma la parte migliore era senz'altro il fatto che parlassi di te stessa in terza persona, come se fossi la narratrice esterna alla vicenda.

«Mya ha fame.»

«Mya deve fae la pipì.»

«Mamma spostiti che Mya non vede.»

«Oh no, papi se n'è andato e ha lasciato Mya.»

Quella tua linguaccia ci fece fare parecchie brutte figure. Un giorno, mentre camminavamo su un marciapiede molto stretto, la signora che ci precedeva rallentò il passo distratta dal suo cellulare, fino a fermarsi. Noi ci fermammo dietro aspettando che ripartisse a camminare, in quanto quella era una strada molto trafficata e non mi andava di buttarmi giù dal marciapiede. A quanto pare la cosa ti spazientì, perché non appena la signora si fermò impedendoci di passare tu gridasti «TI SPOSTITI?» facendomi sprofondare dalla vergogna.

Per non parlare del periodo tamburo, in cui tutto quello che trovavi poteva essere utilizzato come strumento a percussione. Trovasti una vecchia scatoletta di latta e te la portasti appresso per giorni sbattendoci le mani sopra. Il problema si presentò quando, al supermercato, ti cadde dalle mani mentre eri seduta sul carrello.

La gente ci guardò disgustata quando iniziasti a gridare: «TANCULO! TANCULO! TANCULO!» come se fossimo i peggiori genitori mai esistiti, ma vai a spiegarglielo che stavi dicendo solo «tamburo».

Tutto assunse una sfumatura colorata da quando iniziasti a chiacchierare fluentemente. Iniziammo anche a giocare di più, in quanto riuscivamo a capirci, e il nostro tempo insieme divenne più leggero e spensierato.

Il mio gioco preferito in assoluto era il gioco della nanna: mi portavi a letto, mi coprivi, mi davi un bacio e mi dicevi buonanotte, incazzandoti a bestia se mi alzavo o parlavo. La cosa migliore di questo gioco era che tu te ne andavi a giocare con qualcos'altro e mi lasciavi lì a dormire e io, la maggior parte delle volte, mi addormentavo davvero.

La nonna Francesca era nonna Cessa, nonno Dalibor divenne nonno Dabido, zia Vale, zia Stefi, zio Seba e zia Paola erano Jeje, Fefi, Beda e Paua. Questi ultimi, in particolare, hanno avuto un ruolo fondamentale nella tua prima infanzia, anche se in realtà le zie sono le mie, le sorelle di nonna Cessa. Per loro sei diventata la piccola della famiglia, l'unica bambina arrivata dopo un decennio. Ti hanno amata e viziata come fossi figlia loro, aiutandomi nei momenti di bisogno. Per zia Vale sei stata più nipote tu di me, perché quando nacqui io lei aveva solo dieci anni e il nostro rapporto era più di fratellanza che di zia/nipote. Con te si lanciava in infaticabili giochi di corse, salti, lotte e balli, mentre con me, quando le chiedevo di raccontarmi una storia, si limitava a: «C'era una volta una principessa che cadde in un burrone e morì. Fine». Oppure mi faceva vedere *Dawson's Creek.* Zia Stefi, quando ero bambina e le chiedevo di giocare, mi sfidava a «chi dorme di più» (ciao zia, adesso capisco tutto, prova a sfidarmi ora) mentre con te mette la musica e fa sessioni di squat; zia Paola, che da piccola invocava l'ira di Poseidone se mi sporcavo un vestito, a te permette di distruggerle l'intera casa. Lo zio Seba un giorno si è messo a costruire con te un castello di sabbia e poi ti ha portata in braccio addormentata su per la spiaggia fino alla macchina, mentre facevano trentacinque gradi.

I nonni, invece, rinacquero proprio. Per loro fu l'inizio di una terza vita data dalla seconda: la nascita dei loro figli. Tu, la loro prima nipote, fosti la diretta responsabile della loro incessante felicità.

E poi c'era la mia, di nonna, che per te era «sbinonna Maìa» e che aveva avuto cinque figli e tre nipoti, e instaurò un meraviglioso rapporto con te. Eri felicissima di andare da lei, ti cucinava sempre i tuoi piatti preferiti.

Nonna Biba, come ho detto in precedenza, divenne un po' mamma. Mamma di quella bambina tanto desiderata e mai avuta.

Nonno Dalibor fece di tutto per te, cambiò anche il primo pannolino della sua vita, per non parlare di quando si chiuse in garage per un mese a lavorare il legno per farti la cameretta più bella che un bambino possa desiderare.

Per nonna Francesca era una specie di riscatto, in quanto con me, quando ero bambina, aveva dovuto rinunciare a tante cose a causa delle circostanze anguste. Con te non è capace di dire di no, sei la cosa più importante della sua vita ed è palese l'amore che mette in tutto quello che fa per te.

Ho visto mia mamma e i miei suoceri diventare persone nuove, ho assistito in diretta al loro cambiamento, alla loro crescita. Tutti i severi propositi da genitore crollarono miseramente di fronte ai primi vagiti della loro nipotina. Potevano godere di un'infanzia tutta nuova, un'infanzia priva di regole rigide e dogmi genitoriali, un'infanzia fatta solo di giochi, sorrisi, coccole, limiti violati segretamente e mantenuti in un indissolubile legame di complicità come se, in tutta la vita, avessero messo da parte un grosso bagaglio d'amore destinato a questo. Credo sia perché i nonni sono consapevoli di essere i primi a doverci lasciare, quindi danno tutto di sé per esaurire quel grosso serbatoio d'affetto e non rischiare che la vita se li porti via senza che sia stato tutto consegnato al destinatario.

Per i primi due anni della tua vita ho mangiato porcherie solo di nascosto, decisa a non farti assaggiare cioccolata e patatine, sapendo che sarebbe diventato un infinito circolo vizioso. Ho lottato duramente per cercare di fare la mamma da cibo sano e incontaminato. Andò tutto a rotoli dopo che furono i nonni a farti assaggiare le tue prime patatine perché, povera stellina, due patatine che vuoi che facciano? Meditai anche di farli processare dalla Duma russa. Dopo il primo assaggio, diventasti un segugio da paprika, non si poteva più sgranocchiare niente in tua presenza. Stremata, mi rivolsi ai piani alti.

*Alla cortese attenzione del sig. San Carlo, il patataro.*

*Buonasera sig. San Carlo, tutto bene, sì? Mi chiamo Giada, ho ventitré anni e ho finanziato almeno un terzo delle rette universitarie dei suoi figli. Non ho le prove fiscali, ma se vuole le mando una mia foto in costume.*

*Sono vostra cliente da sempre, da quando ero ancora un feto, quando trascorrevo meravigliose giornate nel mio loft uterino immersa nella mia idroplacenta con uno Spritz amniotico ad aspettare le Più Gusto dal cordone come si aspetta Bartolini il lunedì mattina. Tuttora ho piacevoli flashback di me bambina con le Sticki e il Solero giallo a fare bolle col Crystal Ball. Ammetto di aver avuto qualche scappatella con le Wacko's, ma capiscimi, too young, too dumb to realize.*

*Ma veniamo a noi sig. San Carlo: mossa vincente quella di affiggere il Cracco con la Rustica sulla flotta di Iveco, peccato che a noi non freghi granché di impiattare le patatine con composta di cipolle di Tropea e uova di lompo, noi vogliamo ingozzarci come pellicani con manciate intere estratte direttamente dal sacchetto e poi bere le briciole incastrate negli angolini. C'è solo un piccolo problema, Carlito, e qui credo di parlare a nome di tutti i genitori: i vostri sacchetti richiamano l'attenzione degli infanti nel raggio di sei leghe. Magari il suddetto pargolo è un momento distratto a texturare i muri con i Carioca puntafine e tu dici "mo' me scasso du' patate ai pomodorini confit e colesterolo balsamico", ma appena prendi in mano il sacchetto lo senti dalla cameretta mollare tutto quello che sta facendo tipo fuck this shit e correre verso di te e tu non sai che fare e ti senti come il violinista di* Titanic, *CONTINUATE A SUONARE, e allora mastichi veloce, nascondi il sacchetto e ti fingi indaffarata, ma quello mica è scemo e subito: «che mangi mamma?».*

*«Niente.»*

*«Non è vero.»*

*«Giuro.»*

*«Fa' vedere apri la bocca sei una stronza chiamo Staffelli.»*

*Io davvero non ci credo che nel duemilaesedici il progresso tecnologico ci abbia dato lavatrici silenziose, auto silenziose, pistole silenziose, puzzette silenziose ma sacchetti di patatine che emettono gli stessi decibel di Al Bano in* Quando il sole tornerà.

*Mi premurerò di portare avanti questa battaglia nel nome di tutti noi genitori a cui è stata tolta la possibilità di mangiare porcherie perché ingiustamente sottratte dalla progenie, intaserò la PEC delle vostre publicrelescions di mail con oggetto «San Carlo infame per te solo verderame», e se necessario lancerò una petizione su Change.org dal titolo «Una patata per Giada».*

*Attendo un vostro riscontro, nel frattempo mi mangio le Pringles.*

*Giada*

Tra le cose peggiori del diventare mamma c'è il fatto che, da lì in poi, la visione del mondo sarà catastrofica e pessimistica, facendoti preoccupare per qualsiasi sciocchezza.

Lo capii bene quando una mattina ti portai all'asilo e andai in ufficio, era una bella giornata autunnale, faceva ancora caldo e sul settimanale della città si parlava di me. Una di quelle giornate in cui cammini per le strade come se in sottofondo ci fosse *I'm walkin' on sunshine, oooh*!

Uscii a mezzogiorno e venni a prenderti all'asilo. Tu eri sempre molto felice quando mi vedevi arrivare, infatti mi corresti incontro e mi saltasti in braccio. Quello, per me, divenne uno dei momenti più belli della giornata, quello in cui ti fiondavi di corsa verso di me come per dire "finalmente, mi sei mancata".

Percorremmo il breve tragitto fino alla macchina chiacchierando.

«Che hai fatto oggi all'asilo?» ti domandai.

«La pappa.»

«Hai fatto la pappa per cinque ore?»

«Tì.»

«Come il pranzo di Natale di nonna.»

«Tì.»

«E cosa hai mangiato?»

«I bimbi.»

«Hai mangiato i bimbi?»

«Con la pasta.»

«Ed erano buoni?»

«Tì.»

«Peccato, volevo farli per cena. Va be', prenderemo la pizza.»

«Con i bimbi.»

«Pizza con i bimbi?»

«E olive.»

«Passino i bimbi, ma mi sa che le olive Gennaro non le ha.»

Aprii l'auto con il telecomando e, mentre ti caricavo sul seggiolino mi dicesti: «Mamma, anch'io voglio schiacciare».

Ti diedi la chiave della macchina e, mentre ti legavo, tu schiacciasti più volte i tasti del telecomando. Finito di assicurarti al seggiolino, presi la chiave dalle tue mani, la lanciai sul sedile di guida, chiusi la portiera e feci il giro dell'auto.

Chiusa.

La porta del lato guida era chiusa. Lì realizzai che, quando ti avevo dato la chiave in mano, tu avevi schiacciato il tasto CHIUDI.

"Va be'", pensai, "l'altra portiera era aperta quando l'ha schiacciato." Feci il giro e trovai chiusa anche quella. La macchina aveva registrato l'impostazione «chiudi», quindi, anche se la portiera era aperta quando tu avevi schiacciato il tasto, si era bloccata non appena l'avevo chiusa.

Io non saprei descriverti in che modo mi sono sentita. Un misto di panico, impotenza e incredulità.

Tu eri chiusa in macchina, legata sul seggiolino, e io ero fuori. Senza chiavi.

Trascorsi un paio di minuti a guardare nel vuoto, poi passai alla rabbia e iniziai a percuotere la carrozzaria e inveire contro la macchina e quel facciadimerda che l'aveva creata, poi mi calmai e provai a ragionare.

"Chiamo Moreno, lui sa sempre cosa fare, la mia àncora di salvezza."

"Ti piacerebbe eh? Indovina dov'è il tuo cellulare? Oh guarda, eccolo là, sul cruscotto."

"Mantieni la calma, Giada, la bambina non deve capire che c'è qualcosa che non va, mostrati serena."

«Ehi patatina! Eeeeeeehi, adesso andiamo da nonna, eh? Vuoi andare da nonna? Sì? Andiamo da nonna? Eh? Eh patatina?»

«Scappa pipì.»

Un'imprecazione esalò il suo ultimo respiro nel mio corpo e raggiunse l'iperspazio.

Ti guardai attraverso il vetro e ti dissi che andava tutto bene, che di lì a poco saremmo state a casa di nonna a fare la pipì. Cercai di restare impassibile agli eventi, mi mostrai dura anche se in realtà dentro mi stavo liquefacendo come un Grisbì.

Fermai un gruppo di passanti e, cercando di stare calma, spiegai il problema e chiesi di fare una telefonata. Si mostrarono subito efficienti e disponibili ad aiutarmi, uno di loro tirò fuori il suo cellulare e mi chiese il numero da chiamare.

"Occhei, il numero di Moreno, lo so a memoria."

Cervello: *what is love?*

"Ti prego, è importante."

Cervello: *baby don't hurt me.*

"Andiamo, amico."

Cervello: *don't hurt me.*

"DAI, CAZZO."

Cervello: *no more.*

«Trequattrosett... no. Tretrecinq... nemmeno.»

Cervello: *oggi scade il Muller al Bora Bora.*

«Datemi un momento per pensarci, non sono lucida.»

Cervello: *e sotto il maestrale urla e biancheggia il mar.*

Appoggiai la testa sulla macchina e mi chiesi perché, perché stava succedendo questo, perché a me, perché la vita mi stava sottoponendo a questa prova? In quel momento una delle signore del gruppo che avevo fermato mi appoggiò la mano sulla schiena e mi fece una lunga carezza.

«Va tutto bene», disse, «stai tranquilla.»

Aveva gli occhi celesti, infiniti come il cielo. Avrebbe potuto avere un'età compresa tra i venti e i settant'anni, non lo so, perché mi persi nel suo sguardo rassicurante e mi ricordai il numero di papà.

Lui rispose al secondo squillo ma non capì subito chi fossi.

«Sono Giada.»

«Che succede?»

«La bambina è chiusa in macchina, le chiavi sono dentro.»

Dirlo ad alta voce mi fece sbattere contro la realtà e cedetti, scoppiai a piangere, senza vergogna, mi misi a singhiozzare in mezzo a una strada, davanti a degli sconosciuti.

«Giada, non piangere per favore. Spiegami cos'è successo.»

«La macchina si è chiusa con lei dentro, le chiavi sono rimaste sul sedile e ora non so come fare ad aprire.»

«Le chiavi di scorta dove sono?»

«Nella mia borsa.»

«E dov'è la tua borsa?»

«In macchina.»

Sentii una serie di parolacce indefinite.

«Rompi il vetro subito.»

«Ma come faccio? Con cosa lo rompo?»

«Chiama i vigili del fuoco.»

Chiusi la chiamata e feci per telefonare ai vigili del fuoco, nel frattempo una folla di curiosi si era radunata intorno alla macchina per vedere cosa stesse succedendo, come se fossimo dei fenomeni da baraccone. Da dietro mi arrivò una voce appena sussurrata che diceva una cosa come «*ma coma a l'è pussibil lassè un fiol ndrinta a là vitura? Ma robe da fol*».

Girai la testa di scatto, con un cumulo di frustrazione, adrenalina e rabbia, individuai la persona e le riversai addosso una valanga di insulti.

Come se l'avessi fatto di proposito a lasciare mia figlia chiusa in macchina!

Fu l'ora più angosciante della mia vita, mentre cercavo di mantenere la calma e di non farti capire che c'era un problema. La macchina era sotto il sole di mezzogiorno e tu eri con la giacca addosso, essendo quello strano periodo in cui non si capisce bene che temperatura fa. Tu restasti piuttosto calma fino all'arrivo dei vigili del fuoco, che arrivarono in otto dentro a un'autopompa con le sirene spiegate.

"E i NAS non li avete portati?"

Analizzarono la situazione e decisero di rompere il vetro più piccolo per arrecare meno danni possibili all'auto. Nel giro di pochi istanti frantumarono il vetrino che c'è dietro allo specchietto, uno di loro infilò il braccio e aprì la portiera, poi ti sganciò dal seggiolino e ti prese in braccio.

Eri in lacrime, spaventata dal trambusto e dalla rottura del vetro.

Ti vidi cercarmi con gli occhi in mezzo alla folla, occhietti rossi sommersi di paura che brillarono non appena si incontrarono con i miei. Ti abbracciai forte, come se ti avessero salvato dal peggiore dei pericoli, e mentre mi scusavo con te per l'errore che avevo fatto, tu prendesti il mio volto tra le mani e mi desti un bacio, il tuo primo bacio dato perché, per la prima volta, avevo io una bua da lenire.

Quel giorno capii che persona ero diventata, che donna ero diventata. La mia vita ormai dipendeva dalla tua, il tuo benessere era la mia priorità, la tua felicità il mio unico scopo. I tuoi dispiaceri erano più miei che tuoi. Mi si spezzò il cuore il giorno che il tuo orso di peluche venne smarrito, eri disperata e io non sapevo come aiutarti mentre mi chiedevi perché orsino se n'era andato via.

Feci un ultimo disperato tentativo, scrissi un annuncio su internet e sperai nella pietà del prossimo.

L'annuncio diceva più o meno così:

*È importante, vi prego, fermatevi a leggere.*

*Ieri abbiamo smarrito mr. Orsino, colonna portante della nostra famiglia. Qui, in casa Dragin, non si può vivere senza di lui.*

*È un orso di peluche rosa chiaro di circa quindici centimetri, risponde al nome di Osho, Orso, Orsino o «dov'è quel cazzo di orso». Quando è uscito di casa indossava una t-shirt bianca a fiori con la scritta rossa Trudi e non aveva i pantaloni. Evidentemente era già in stato di shock. È fatto di... non so, forse un misto di cotone, acetato e Pirelli riciclate, odora di Winni's e bavetta notturna, probabilmente presenta tracce di latte e Cheerios. Si può facilmente riconoscere in quanto ha sempre questa vacua espressione come se avesse appena tirato di popper ma, per favore, non chiamate la polizia, perché se gli fanno il test dell'imbottitura siamo rovinati. Ci premureremo di iniziarlo a una terapia riabilitativa non appena tornerà da noi.*

*Mya non dorme senza di lui, e le prossime nottate le prevedo piuttosto dure. A casa disponiamo di una disparata selezione di fauna pupazzaria divisa per habitat: steppa, tundra, distese bucoliche, spugne di mare in ananas... Ma lei desidera fortemente solo il suo orso, è con lei da quando è nata.*

*Io sono disperata, la Trudy non lo produce più e in rete non sono riuscita a trovarne uno uguale. È stato smarrito oggi a Chivasso (TO), se qualcuno lo trovasse per favore mi contatti, sono disposta a offrire come ricompensa metà del mio patrimonio. Trentotto euro. Se invece sapete dove posso trovarne uno IDENTICO o se qualcuno di voi ce l'ha, mi scriva in privato il prima possibile.*

*Orso, se mi leggi, ti prego torna a casa. Noi ti vogliamo bene e ci manchi tanto, ti prometto che non ti metterò più in asciugatrice con i sintetici e impedirò a Mya di pulirsi il moccio sulla tua faccia. Torna a casa Orso, torna a casa maledetto.*

*Vi prego di aiutarmi perché per mia figlia è davvero importante, e anche per me che prevedo di tagliarmi le vene a julienne se non lo ritroviamo. Per favore, sprecate un secondo del vostro tempo per condividere questo post, perché non ci credo che avete condiviso 654.198 volte quello che diceva* Vorrei cantare come Biagio Antonacci *e non potete farlo per il nostro orso.*

*Vi ringrazio di cuore.*

*#jesuisorso #prayforsunzi #freeorsino*

L'annuncio fu condiviso più di duemilacinquecento volte e nel giro di pochi giorni il tuo orso fu ritrovato e riportato da te.

Quello fu il giorno in cui capii di avere i superpoteri: non c'era niente che il mio amore per te non potesse fare. Mi chiesero perché, perché sforzarsi tanto per un orsetto di peluche che sarebbe stato presto dimenticato, perché non sfruttare l'accaduto per insegnarti la perdita e la rassegnazione, realtà con cui ti saresti scontrata nella vita, così, in vista di un futuro difficile, saresti stata preparata. Fui felice di andare contro corrente quella volta, sbagliai sapendo di sbagliare, ma scelsi la strada del lieto fine, ti mostrai come, se si lotta con tutte le forze, si può ottenere quello che si desidera. Volevo dimostrarti come la tenacia e la forza di volontà a volte ripaghino gli sforzi, volevo insegnarti a non rassegnarti, a non cedere all'arrendevolezza e al pessimismo del «mai più». Ti ho voluto insegnare a non accettare la perdita se c'è una soluzione, a provarci, a impegnarti per qualcosa di importante. Alle perdite, quelle vere, decisi di pensarci più avanti, perché per quelle non c'è preparazione che tenga.

Sappi che ci ho provato sempre, quando ho ritenuto che fosse opportuno, ho lottato per quello in cui ho creduto, guadagnando, a volte, la disapprovazione del mondo intero. Sappi che ho provato a fare il meglio delle mie possibilità per bearmi della tua felicità e tremo al pensiero che, un giorno, ogni mio gesto, per te sarà sbagliato, anche se dettato dal mio cuore.

Sai, un giorno mi odierai. Mi odierai con tutta te stessa e anche solo il mio respiro andrà a toccare delle corde nei tuoi timpani che ti provocheranno fastidio.

Lo so che è così, ci sono passata anch'io. Anche io ho odiato mia madre con tutta me stessa, come se fosse la causa di tutti i mali del mondo. Ricordo che a circa quattordici anni ogni sua parola mi faceva venire voglia di urlarle le peggio cose, pensavo che fosse stupida, che non capisse niente e che il suo ruolo su questa terra fosse quello di dare fastidio a me. Qualsiasi cosa facesse per me era sbagliata, ogni suo tentativo di legare con me andava in fumo, come se tra lei e me ci fosse un filtro che mi impediva di vedere gli sforzi e la fatica che faceva.

Quello che non riesco a ricordare è il motivo, perché non c'era. Semplicemente, l'adolescenza mi aveva travolta all'improvviso, senza previsioni, portandosi dietro la rabbia, la confusione e la frustrazione verso il mondo intero.

Un giorno mi tratterai male, mi dirai cose cattive, sbatterai le porte e dirai ai tuoi amici quanto sono stronza. Quel giorno io starò molto male e rimpiangerò con nostalgia le notti insonni passate a cullarti tra le mie braccia. Mi chiederò perché, mi chiederò dove ho sbagliato, mi chiederò perché non ricevo un po' di gratitudine per quello che faccio per te, mi chiederò perché tu non riesci a vedere lo sforzo che faccio.

Un giorno sarai adulta e tutti i miei consigli ti sembreranno sbagliati e i miei tentativi di inserirmi nella tua vita da grande saranno visti come intromissioni, perché per me sarai ancora la mia bambina bisognosa di aiuto, mentre magari porti un grosso pancione o torni a casa dal lavoro così tardi da andare a letto digiuna.

Un giorno sarò vecchia e non sarò più in grado di fare nulla da sola, probabilmente impazzirò e ti darò tanti pensieri, magari un giorno, mentre condurrai la tua vita ormai autonoma, ti domanderai se non sarebbe meglio che io morissi piuttosto che continuare a vivere in quel modo.

Un giorno io non ci sarò più e tu rimpiangerai quei momenti che non hai saputo apprezzare con me, così come io rimpiangerò quelli che non sono riuscita ad apprezzare con te il giorno che te ne sarai andata.

La verità è che ho passato molto tempo ad aspettare che passasse.

La vita da genitori è fatta di fasi che trascorriamo cercando di farci coraggio sapendo che passeranno.

Passerà, è solo il primo mese.

Passerà, sono solo i dentini.

Passerà, deve solo farsi le difese immunitarie.

Passerà, prima o poi dormirà tutta la notte.

E mentre aspetti che passi, passano anche quei momenti meravigliosi che rimpiangerai guardandoti indietro.

Non ho mai capito se fossi una brava madre, me lo sono domandata ogni giorno dall'istante in cui hai occupato il tuo spazio su questa terra, e ogni volta mi rispondevo che non lo ero, ma c'era di peggio.

Mi sbagliavo. Ma non sul fatto di non considerarmi una brava mamma, bensì sbagliavo a credere che fosse giusto creare una scala valutativa delle capacità materne e volermici collocare più in alto possibile, struggendomi sul fatto che invece lassù, molto lontano da me, era pieno di «più brave».

Mi sono spesso sentita inadeguata e in colpa per non essere riuscita a fare di meglio, a cucinare meglio, a giocare meglio, a pulire meglio la casa, a portarti a fare gite bucoliche, a darti più attenzioni...

Mi sono sentita in colpa quando mi chiedevi di giocare e io avrei preferito che lo facessi da sola, oppure mi concedevo ma in modo svogliato o mollemente buttata sul divano, trafitta dalla stanchezza.

Mi sono sentita in colpa per quelle volte che non ho avuto pazienza di spiegarti le cose, di rispondere alle tue domande o leggerti un libro.

Mi sono sentita in colpa quando, invece di riprenderti e spiegarti perché stavi sbagliando, ho alzato la voce o o ti ho tirato fuori da un negozio per un braccio mentre ti dimenavi.

Mi sono sentita in colpa quando, invece di portarti al parco, ho preferito accendere la televisione e l'aria condizionata.

Poi mi sono accorta che anche le altre mamme si sentivano come me, solo che avevano paura a dirlo, a mostrare che anche loro erano deboli e spesso troppo stanche per fare Mary Poppins. Ho scoperto che, agli occhi di ognuna di noi, la classifica delle più brave era diversa, relativa ai diversi punti di vista. Tutte eravamo più brave o meno brave e seconda di chi ci guardava, perché il metro di misura non era altro che noi stesse. "Io con mio figlio faccio così, tizia fa cosà ed è più brava di me, Caia fa cosè ed è meno brava di me."

Ancora oggi non riesco a capire perché noi mamme non

siamo capaci di essere solidali l'una con l'altra, perché dev'essere una gara a chi fa la madre migliore.

Se ti dico che mia figlia fa i capricci e mi fa impazzire, tu non devi dirmi che invece il tuo è bravissimo e obbedisce sempre, perché non me ne frega un cazzo. Dimmi «anche il mio» e «ordiniamo un altro giro?».

Queste cose le ho imparate dopo, quando sono stata disposta a far cadere la maschera della madre convenzionale e a mostrare a tutti quanto fossi imperfetta. Ricordo un giorno in cui andammo al supermercato. Erano quasi le 18 e lo spazio era fitto di carrelli ricolmi e cestini blu con il manico trainati qua e là. Con me c'eri tu, seduta sul seggiolino del carrello, che, mentre pesavo la frutta, mi stavi spiegando perché Gattoboy era il tuo superpigiamino preferito.

Poco più avanti, vicino al banco frigo, si sentiva il pianto di un bambino. Dapprima un lamento sconnesso, poi trasformatosi in un vero e proprio attacco isterico.

Avvicinandomi vidi che in disparte, dietro a un bancale di fustini di detersivo, una mamma come me stava cercando di calmare la sua bambina, poteva avere sì e no la tua età, che piangeva convulsamente perché lì, in quel supermercato, non avevano i carrelli piccoli.

Piangeva forte e instancabilmente, un pianto di volume crescente per superare la voce della mamma che in quel momento tentava di calmarla spiegandole che quando sarebbero andate nell'altro negozio, avrebbero preso il carrello piccolo. La bimba sembrava non volerne sapere, ormai arrivata a quel punto di non ritorno tipico della stanchezza, della noia e dell'età difficile. Attorno a loro, almeno venti paia di occhi, per lo più femminili, stavano osservando lo spettacolo con biasimo, giudizio e superiorità, qualcuno si prese anche la briga di sottolineare l'incapacità di impartire l'educazione di quella mamma, come se pochi istanti di un'intera vita visti in un particolare contesto fossero rilevanti per capire chi abbiamo davanti. Mi chiesi perché, perché dovevamo essere nemiche e non alleate in questo percorso. Loro non erano madri? Non si ricordavano quanto era difficile gestire un bimbo piccolo? E se non lo erano, perché si sentivano in diritto di sdegnarsi per qualcosa che non potevano capire se non indirettamente?

La frustrazione di quella donna la si poteva vedere aleggiare intorno, in un grosso pulviscolo che le fluttuava sopra la testa, mentre si trovava schiacciata tra l'incontrollabilità della figlia e la pesantezza del giudizio, e con gli occhi cercava di non incrociare quelli degli altri per non doversi giustificare.

Ti guardai, tu eri seduta tranquilla sul seggiolino. Mi stavi chiedendo se potevo comprarti i Babybel, mentre da dietro mi arrivava la lama del pianto isterico di un'altra bambina.

Non mi sentii superiore, non ero felice che la mia, di figlia, fosse tranquilla e pacata, non avevo bisogno di ostentare la mia magnificenza materna. I miei successi non li misuro sugli insuccessi degli altri.

Girai il mio carrello e mi avvicinai a quella mamma, sulla sua schiena erano piantate migliaia di frecce scoccate dagli occhi del giudizio, accumulate negli ultimi due anni. Come sulla mia.

«Sai», le dissi una volta vicina, «la mia a volte fa anche peggio.»

Lei, presa alla sprovvista da quell'improvvisa confessione, rise. Un sorriso spontaneo e sincero il cui riverbero si protrasse a lungo, allentando la frustrazione e, a poco a poco, lenendo il pianto della sua bambina.

Decisi di provare a vedere le cose da una nuova prospettiva: l'umanità. Non era questione di educazione, quella su cui mi stavo tanto impegnando, semplicemente i bambini sono bambini e si comportano come tali. Non hanno i mezzi per spiegare la frustrazione, la stanchezza, la noia, l'impazienza, se non il palese manifestarsi delle loro sensazioni.

Questa mia venale dedizione alla perfezione mi ha distratto molto dalle cose importanti, mi sono persa troppe cose mentre cercavo il modo di insegnarti che se dicevo di no tu dovevi accettarlo senza repliche, o se ti dicevo «stai ferma» dovevi immobilizzarti all'istante, e una di queste cose importanti è stato il rapporto con papà. L'ho trascurato tantissimo, incapace di far convivere l'essere genitore con l'essere compagna di vita. A un certo punto mi sono guardata e ho pensato: "Ma cosa stai facendo?".

Avevo perso di vista la cosa più importante della maternità: ricordare perché ero diventata madre.

Dare importanza alla coppia è uno dei più grandi gesti d'amore che un genitore possa fare nei confronti del figlio. Due genitori che si amano e si rispettano, che collaborano, che tengono in piedi la struttura della loro relazione, stanno lavorando a solidificare il nucleo della famiglia, perché se manca la base, la struttura crolla e i primi che ne risentono sono i figli. Ma soprattutto, un uomo e una donna che non si fanno distrarre dalla pesantezza della vita e continuano ad amarsi con trasporto stanno mostrando ai loro figli come funziona una relazione sana e imbastendo le aspettative delle loro future relazioni.

Un giorno andrai via da questa casa e, se lo vorrai, instaurerai una relazione con un uomo o una donna; il nostro lavoro più importante, adesso, è mostrarti il tipo di uomo o di donna che desideriamo per te, semplicemente comportandoci come tali. E quel giorno noi potremo restare a casa e continuare ad amarci, perché, nel frattempo, non avremo mai smesso.

Mi è capitato che un'amica mi dicesse che lei e il suo compagno stavano valutando l'idea di mettere in cantiere un bambino. Me lo disse con entusiasmo misto a timore, lo stesso tono che si usa per informare qualcuno che gli hai fatto il bonifico.

«Faccio bene?» mi chiese.

«No», le dissi.

Vidi sul suo viso transitare almeno sei sensazioni diverse attraverso l'alternarsi di alcune rughe d'espressione.

«Pensavo fossi felice di essere madre.» Nella sua voce si distinse disappunto q.b.

«Lo sono.»

«E allora perché pensi che io non faccia bene a diventarlo a mia volta?»

«Non è quello che ho detto.»

«Non capisco cosa intendi, allora.»

Pensai a lungo alla giusta risposta da dare ma alla fine non ne trovai una che fosse esplicativa ed esaustiva, così presi un foglio e una penna e mi sedetti accanto a lei. Tracciata una linea in verticale con la penna proprio a metà del foglio, sulla parte sinistra scrissi CONTRO e su quella destra PRO.

«Vediamo se riesco a spiegartelo», dissi.

Contro:

1. Non esisterai più. Non sarai mai più Tizia, quella con i capelli biondi che fa la commercialista, sarai Tizia, la mamma di Caio, e le persone ti giudicheranno solo in base al lavoro che stai svolgendo con lui e per lui.

2. Non ti soffierai mai più il naso in un fazzoletto che non contenga già il moccio di qualcun altro. Se sarai fortunata, il suddetto si sarà già seccato.

3. Ti basterà un'intensa risata per pisciarti addosso. Non è chiaro il motivo per cui lo chiamano pavimento pelvico, fatto sta che dopo aver avuto un figlio il tuo sarà di linoleum.

4. Piangerai. Piangerai per qualsiasi cazzo di cosa.

5. I Lady Presteril costano cari.

6. Ti domanderai ogni giorno se la tua vita non fosse meglio prima. Alcune volte ti risponderai no, altre vorrai essere sincera con te stessa e ti dirai che sì, era molto meglio prima, ma ti sentirai divorata dal senso di colpa.

7. Conoscerai e ti innamorerai di un altro uomo, perché quello con cui condividi il letto adesso cambierà, e ti mostrerà che quello che ha dato fino a quel momento non è altro che un minuscolo frammento dell'amore che serbava.

8. Ogni volta che nel mondo morirà un bambino, morirà anche il tuo. Se prima le immagini di una guerra o di una tragedia ti intristivano e impietosivano, dopo non potrai mai più guardare un corpicino straziato senza pensare che avrebbe potuto essere quello di tuo figlio.

9. Dovrai fingere di avere la dissenteria per poterti concedere dieci minuti di solitudine.

10. Mangerai il cibo caduto a terra. Mangerai i rimasugli della merendina che tuo figlio avrà disseminato per il salotto pur di non alzarti a buttarli nell'immondizia.

Pro:

1. Una notte, mentre sarai seduta sul divano ad allattarlo con sulle spalle un grosso bagaglio di sonno perduto, lui mollerà per un momento la presa sul tuo seno e ti sorriderà, trafiggendoti l'anima e sezionandoti il cuore come un mosaico.

«Adesso hai capito perché ti ho detto di no?» le chiesi.

«Perché la mia vita cambierà completamente?»

«No.»

«Allora non capisco», disse confusa.

«Un giorno qualcuno ti domanderà se, secondo te, fa bene a mettere al mondo un bambino, e tu dovrai spiegarle che ci sono troppe ragioni per non diventare madre e troppo poche per diventarlo, così dovrai tirare fuori tutta la razionalità che hai per convincerla che non fa bene, ma ne vale la pena.»

La verità è che ho trascorso gli ultimi due anni a fare la madre da manuale. Ancora prima che nascessi, ero già iscritta a tutti i gruppi di pedagogia, avevo letto decine di libri sul metodo montessoriano, studiavo e memorizzavo ogni articolo di maternage trovato in rete e organizzavo attività psicosticazzi-sensoriali divise per età.

Avevo già deciso che madre sarei stata, le regole che avrei imposto, gli insegnamenti che avresti ricevuto e spesso iniziavo i miei discorsi con «quando sarò madre...», «mia figlia non farà mai...», «non le permetterò di...». Mi ero riempita la bocca di buoni propositi, certa che niente mi avrebbe dissolta dalle mie idee.

Poi tu sei nata.

Le cose si sono dimostrate più difficili di quello che pensassi, mi sono attenuta più possibile alle nozioni che avevo imparato, ho cercato di essere più coerente possibile con quello che avevo deciso di essere a discapito di quello che invece ero, ho contato fino a dieci, fino a venti, fino a mille quando la pazienza sembrava essersi prosciugata e ogni sera, con lo sguardo al soffitto e le gambe molli, facevo il conto dei miei sbagli e la promessa di essere una madre migliore il giorno seguente. Sono state davvero poche le sere in cui non avevo nulla di cui rimproverarmi, le giornate in cui sono riuscita ad attenermi ai manuali.

Per due anni non ti ho mai detto brava, perché avevo letto che innesca un meccanismo rafforzativo tipo cavallo con lo zuccherino, in cui il bambino compie un'azione solo per essere gratificato.

Fino al compimento dei due anni non hai mai visto la televisione, perché avevo letto che le attività passive inibiscono chissà che cazzo nel cervello dei bambini molto piccoli.

Fino a due anni non hai mai mangiato un Pan di Stelle, una patatina, un würstel... Solo carotine, lenticchie, pesti di zucchine e lacrime, osceni biscotti di farro senza zucchero, senza lievito, senza burro e senza sapore.

Non hai mai preso in mano un cellulare o un tablet, non sei mai stata punita né hai mai ricevuto uno sculaccione, non sei mai stata allo zoo, non hai mai bevuto la Coca-Cola... Tutto questo mi è costato non poca fatica.

Poi un giorno mi sono fermata a riflettere e ho capito che essere genitori non è difficile: essere il genitore che hai deciso di essere è difficile, essere il genitore che ti viene di essere è la cosa più facile del mondo. L'ho capito guardando il papà, che semplicemente seguendo il suo istinto e il suo buonsenso, senza aver mai letto nulla né essersi mai documentato sulla genitorialità, si è dimostrato un genitore migliore di me, e lo ha confermato l'esame più duro e veritiero di tutti: il tuo giudizio. Tu l'hai sempre adorato e preferito a me. Questo è stato un altro motivo di rimprovero verso me stessa; sentivo di aver fallito in tutto, fino a che mi sono fatta un esame di coscienza e ho capito che tu amavi e rispettavi papà perché io amavo e rispettavo papà. Mi sono accorta che gli insegnamenti più significativi te li ho trasmessi mentre non ti stavo insegnando nulla, perché per fare il genitore non bisogna fare, basta essere.

I bambini sono argilla umida, tele bianche, vinili senza solchi che aspettano di essere trasformati, ma non siamo noi che li modelleremo, li dipingeremo, li incideremo, noi saremo spettatori silenti di questo processo. Possiamo solo essere muse.

Così ho lavorato su me stessa, mi sono resa una persona migliore per rendere te una persona migliore ma, soprattutto, ho deciso che nessuno può essermi giudice nel duro lavoro di genitore, nemmeno la sottoscritta.

Ci sono stati giorni in cui ho servito in tavola polpette di quinoa biologica e lenticchie rosse decorticate cotte con la bora estiva, altri in cui ti ho rifilato i Saikebon reidratati con la Ferrarelle.

Ci sono stati giorni in cui ho misurato la temperatura del bagnetto in tre diversi momenti per assicurarmi che fosse compresa tra i 37,2 e i 37,4 °C, altri in cui Caronte traghettava le anime nella nostra vasca.

Ci sono stati giorni in cui in borsa avevo i fazzoletti lenitivi multistrato effetto seta con sentore balsamico e pasta emolliente per narici screpolate, altri in cui ti ho asciugato il moccio con un salvaslip.

Ci sono stati giorni in cui ci siamo sedute insieme a guardare le stesse puntate di *Masha e Orso* già viste sei volte, altri in cui dalla cucina ho urlato STOCAZZO quando Dora l'esploratrice chiedeva cos'è quello.

Ci sono stati giorni in cui ho organizzato attività ludico-pedagogiche con sabbie cinetiche filippine e liane della tundra, altri in cui ti ho convinta che passare l'aspirapolvere fosse il massimo dello spasso.

Ci sono stati giorni in cui hai fatto merenda con una mela golden sudtirolese arrivata per mano propulsiva di un tiratore scelto al grido di MARLENE, altri in cui hai raschiato con gli incisivi il centro dei Ringo.

Ci sono stati giorni in cui eri impeccabile in abiti stirati e perfettamente coordinati cromaticamente e con un golfino di cachemire legato sulle spalle alla golf club, altri in cui se avessi gridato WILSOOON avresti ricevuto un Oscar come miglior attrice protagonista.

Ci sono stati giorni in cui ho raccontato con trasporto e con interpretazione hollywoodiana i *Musicanti di Brema* accanto al tuo letto, altri in cui ti ho letto dal bugiardino gli effetti indesiderati anche gravi del Lisomucil.

Ci sono stati giorni in cui ti ho lasciato ascoltare la stessa canzone in loop per cinque ore, altri in cui ti ho annunciato con espressione addolorata com'era morto Álvaro Soler.

Ci sono stati giorni in cui mi sono dilettata in articolate spiegazioni accademiche ai tuoi quesiti sulla vita, altri in cui PERCHÉ SÌ OCCHEI? è stato il meglio che sono riuscita a fare.

Ci sono stati giorni in cui hai sfoggiato una complessa

struttura di treccine, boccoli e fiocchetti, altri in cui sei andata all'asilo con i capelli legati con lo spago del Bon Roll.

Ci sono stati giorni in cui ho stilato un dettagliato itinerario e ho organizzato la linea d'azione la sera prima, altri in cui ti ho tirato giù dal letto urlando, fatto fare colazione con gli avanzi di cibo trovati in macchina e ti ho lavato la faccia nella fontanella della scuola.

Ci sono stati giorni in cui ho trascorso quattro ore ai fornelli per preparare una complessa ricetta e presentarla riproducendo il *Bacio* di Klimt, ripagata con la totale indifferenza, altri in cui ho ricevuto i complimenti per i fusilli olio e parmigiano.

Ci sono stati giorni in cui ti ho intonato a mezzo soprano la più soave ninnananna scritta di mio pugno, altri in cui avrei voluto intingerti la federa nel cloroformio.

Ottocentonovantotto giorni, diciassette ore, nove minuti è il tempo trascorso dal giorno in cui improvvisamente al mondo sono stati sottratti tre chili e trenta grammi di spazio, ottocentonovantotto giorni, diciassette ore e nove minuti è il tempo trascorso dal giorno dopo il quale non ho mai più fatto la cacca da sola.

Ora sono sdraiata nel tuo letto, accanto a te.

È tardi, avremmo dovuto essere a letto almeno un'ora fa, domani la vita ci trascinerà molto presto nel suo scorrere e sicuramente tu non avrai nessuna voglia di lasciare questo scrigno di lenzuola, cuscini e braccia.

Nemmeno io.

Siamo coricate sul fianco sinistro, la tua schiena contro il mio stomaco, la tua nuca incastrata sotto il mio mento, il mio braccio che fascia il tuo torace.

Sotto il mio palmo sento il ritmico bussare del tuo cuore. Tutte le sere, quando ti metto a dormire, mi chiedi di farti le «cocchile» e ci mettiamo in questa posizione, tutte le sere incastro la mia mano tra il materasso e il tuo cuore.

Lo sento tutte le sere, ma è la prima volta che lo ascolto.

*Tumtum tumtum...*

Io sono quella che dà tutto per scontato, non mi fermo mai a osservare, ad ascoltare, a godermi le scaglie di una vita ordinaria frammentate ed elevate fino allo straordinario.

Hai due anni ed è la prima volta che ascolto il tuo cuore.

*Tumtum tumtum...*

Penso a tutte le volte che mi hai fatto arrabbiare, l'ultima poco fa, per un pigiamino non messo, una pipì rimandata, un giocattolo fuori posto, un piatto di fusilli non finito...

Penso a tutte le volte che ho perso la pazienza, a tutte quelle volte che avrei voluto scappare, a quelle volte che chimelhafattofare.

Mi sto guardando dall'esterno, fuori campo, riesco a vedere i miei errori.

*Tumtum tumtum...*

Fuori il campanile batte le dieci e mezza. Avremmo dovuto essere a letto un'ora fa.

*Tumtum tumtum...*

Penso che là fuori, da qualche parte, c'è una madre che prova a stringere il suo bambino incastonando le braccia tra le cannule che gli iniettano la sopravvivenza, ringraziando la vita di averle concesso un altro giorno insieme a lui, ringraziando che quel piccolo cuore abbia battuto da guerriero anche oggi, ma consapevole che potrebbe spegnersi senza preavviso da un momento all'altro.

*Tumtum tumtum...*

Penso che là fuori, da qualche parte, c'è una madre che si sta stringendo con le proprie braccia, perché la vita ha scelto di portarsi via il suo bambino, o di non farlo nascere mai, e ogni sera cinge il rimorso, perché è convinta che se non avesse... se fosse stata... se avesse fatto... forse... magari...

*Tumtum tumtum...*

Penso che là fuori, da qualche parte, c'è una madre che sta stringendo il suo bambino più forte di me, perché è cosciente che la sua casa potrebbe essere la prossima, serrando forte gli occhi e la speranza, quando sente il boato di un caccia sorvolare il suo tetto.

*Tumtum tumtum...*

Penso che là fuori, da qualche parte, c'è una madre che stringe forte il suo bambino come uno scudo umano, quando sente la chiave girare nella toppa, pregando che lui non sia troppo ubriaco, troppo rabbioso, troppo mostro.

*Tumtum tumtum...*

Penso che là fuori, da qualche parte, c'è un bambino solo che stringe forte un orsetto di peluche, in un letto che ha accolto altri cento bambini come lui,che una mamma che li fasci in un abbraccio non l'hanno ancora trovata.

*Tumtum tumtum...*

È la prima volta che ascolto il tuo cuore.

Il campanile rintocca le undici.

Ti stringo più forte.

Mi addormento con gli occhi che bagnano il cuscino di gratitudine e la coscienza colma di rammarico.

*Tumtum tumtum...*

Lo so come funziona, sono una lettrice anch'io. Lo so che, una volta arrivati ai ringraziamenti, si considera il libro finito e si smette di leggere, oppure si inizia a leggerli per poi mollarli a metà.

Io dico di continuare fino alla fine, che ne sai che tra questi ringraziamenti non ci sei pure tu?

Innanzitutto voglio ringraziare la ditta produttrice del mio computer, così merdoso da far rimpiangere i tempi degli amanuensi. Grazie a voi ho perso un sacco di tempo è ho peccato di notevole blasfemia; nonostante questo, ogni volta che il PC si è bloccato e ho dovuto riscrivere le parti perdute le ho riscritte meglio di prima. Quindi grazie.

Un grazie speciale a Scilla, la mia insegnante del liceo, che ha pazientemente lavorato a creare la base di questa struttura. Per me non sei stata solo un'insegnante scolastica, sei stata una maestra di vita, e se oggi c'è un libro con il mio nome in tutte le librerie d'Italia, è prima di tutto merito tuo. Grazie Scilla, questo mio successo è anche un po' tuo.

Grazie a Matteo Bussola per avermi dimostrato che si può essere anche se non si è mai stati. Grazie per essere stato al posto giusto nel momento giusto e avermi spinta verso tutto questo. Mi sento come un bambino di otto anni che, per la prima volta, fa gol alla partita della domenica e subito cerca il papà sugli spalti per assicurarsi che l'abbia visto. Mi hai vista, Matteo? Ho scritto un libro!

Sembrerà una ruffianata, però voglio lo stesso ringraziare Elisabetta, Adriana e tutto lo staff di Garzanti per l'enorme lavoro svolto su questo libro. Soprattutto, voglio tenermi un grazie speciale per Laura. Grazie per aver creduto in me e avermi dato la possibilità di fare questo percorso.

Grazie Emma per essere mia amica, in ventitré anni ne ho conosciute poche di persone che mi piacessero come te. Grazie per il tuo supporto e per il senso critico che mi hai riservato per spingermi a fare meglio. Sono felice che le nostre strade si siano incrociate.

Grazie alle Gnome e alle diciassettemila persone che hanno deciso di seguirmi su Facebook dandomi la spinta per intraprendere questa strada.

Grazie mamma, per aver sacrificato la tua vita per permettermi di costruirne una migliore per me. Spero tu sia orgogliosa di me.

Grazie Moreno, perché sei stato il primo a vedere in me quello che gli altri ancora non vedevano. Grazie per aver scelto me e perché continui a scegliermi ogni giorno.

Infine, grazie alla mia bambina. Grazie per tutto quello che mi hai insegnato, grazie per la tua pazienza: sono una madre in crescita e tu sei la mia guida. Grazie per aver stretto forte il mio dito nel tuo pugno il diciassette agosto duemilaquattordici e avermi legato te per sempre.

*Il libro è un omaggio a sua figlia per ricordarle i suoi primi anni di vita. Com'è nata l'idea?*

Ho deciso di scrivere un libro nel quale avrei raccolto piccoli scorci dei suoi primi anni di vita, ho pensato che sarebbe stato un bel regalo per lei avere una raccolta di ricordi della sua prima infanzia. Ho deciso di essere sincera e metterci dentro tutta la verità in modo che lei sappia il percorso che ho fatto per diventare madre, perché la maternità è un percorso, non lo si diventa da un giorno all'altro.

*Uno dei temi del libro è la maternità vista non solo nella sua meraviglia, ma anche nelle difficoltà che essa comporta. Qual è il messaggio che il libro vuole dare alle madri spesso non capite o colpevolizzate?*

Vorrei che tutte le volte che una madre si domanda se sta sbagliando, sapesse che è normale. La frustrazione, la stanchezza, il senso di colpa e il nervosismo sono normali. I bambini rumorosi, isterici, testardi e poco collaborativi sono normali. Domandarsi se la maternità è troppo difficile è normale, cambiare idea e chiedersi perché non lo si è fatto prima è sempre normale. Vorrei solo che nessuna donna si sentisse in colpa per come sta affrontando il suo percorso, facciamo cadere l'omertà e diciamo al mondo che essere madre è anche un po' una rottura di palle.

*Com'è cambiata la sua vita da quando è nata sua figlia?*

La mia vita non è cambiata, ne ho iniziata proprio una nuova!

*Qual è stato finora il momento più bello con lei?*

Uno dei momenti più belli è stato quando, rientrata a casa, ha trovato nella sua cameretta un'enorme casetta di legno costruita dal nonno. Era così felice ed emozionata da contagiarci con il suo entusiasmo.

*Quello più difficile?*

Il periodo più difficile in assoluto è stato quello in cui ha trascorso mesi rimbalzando da una malattia all'altra. L'ho vista nel peggiore dei suoi stati e la sua sofferenza mi ha consumata. Lì ho capito che grandi eroine sono quelle mamme che vivono ogni giorno combattendo con la malattia dei figli.

*Quello più divertente?*

«Mamma», mi ha chiesto un giorno, «qual è il tuo colore preferito?»

«L'arancione. Il tuo?» le ho detto.

«La pizza.»

*Cosa vorrebbe davvero che rimanesse impresso nella memoria di sua figlia per sempre?*

Vorrei che lei sapesse che il nostro rapporto lo sto costruendo faticosamente giorno dopo giorno, e che i momenti difficili sono più di quelli facili. Vorrei che un giorno sapesse che i miei sbagli sono dati solo dalla buona volontà di fare il meglio per lei.

*Ci spiega come mai nel momento del parto le sono venuti in mente proprio i sette Re di Roma?*

Il parto amplifica esponenzialmente tutte le sensazioni corporee, è come fare una metamorfosi, il corpo lavora da solo guidato dagli istinti senza curarsi del nostro volere, l'unica cosa che potevo fare era tenere la mente concentrata su qualcosa che non fosse il dolore che stavo provando. Ripetere una sequenza è il modo migliore per controllare i pensieri, il resto è venuto da solo, come una catena di ricordi.

*Scrivere è sempre stata la sua passione?*

Scrivere era la mia passione già alle elementari, solo che ancora non lo sapevo. Ho scoperto solo da poco che non c'è nient'altro che voglio fare nella vita.

*Lei ha una pagina Facebook con migliaia di follower che seguono i suoi post in cui spesso parla anche della sua vita di madre. Quando ha iniziato a scriverli e perché?*

Ho iniziato a scrivere su Facebook un anno e mezzo fa, quando mia figlia aveva un anno. Sono partita raccontando piccoli scorci della mia vita quotidiana in chiave ironica per un pubblico molto limitato, circa trecento amici virtuali, poi qualcuno ha iniziato a chiedermi di poter condividere i miei post, così ho aperto la mia bacheca e, con mio enorme stupore, in poco più di un anno ho superato i diciottomila seguaci. Da lì molte persone mi hanno chiesto una collaborazione, per primo il blog di Leostikers (che ringrazio sentitamente) che ha ospitato la mia rubrica sulla gravidanza, ampliando il mio pubblico anche alle mamme in attesa. Attualmente mi seguono donne che stanno per diventare mamme, mamme di bimbi dell'età della mia, altre che hanno figli già grandi e hanno piacere di rivivere il passato, nonne e anche qualche papà. Poi ho un piccolo pubblico di non genitori che mi seguono perché apprezzano la mia scrittura. È davvero meravigliosa la piccola comunità che si è creata.

*Come ha reagito quando ha scoperto che il suo libro sarebbe stato pubblicato?*

Ho detto delle parolacce che sarebbe meglio non riportare qui.

*Ha già in mente l'idea per un'altra storia?*

Sì, scriverò un romanzo completamente diverso da questo. Sarà struggente, coinvolgente, doloroso e appassionato. Sarà ambientato in un'epoca storica molto difficile, per questo mi ci vorrà molto tempo per raccogliere la giusta documentazione.

Finito di stampare nel mese di maggio 2018
da Grafica Veneta s.p.a., Trebaseleghe (PD)